R. J. Naef
Glühende Nadeln

Über dieses Buch

Detective Steven Colby hat sich gerade erst von einer schweren Schussverletzung erholt, als man ihn zu einem neuen Tatort ruft. Eine junge Frau, bestialisch zu Tode gefoltert und geschändet, hängt in einem Baum. In ihren Brüsten stecken dicke Nadeln verziert mit silbernen Rosen, und schnell wird klar: Sie ist nicht das erste Opfer.

Gleichzeitig wird Susan Wright von ihrem schlimmsten Alptraum heimgesucht, denn ihr einstiger Stalker hat sie auch in San Rafael gefunden.

Steven setzt alles daran, den brutalen Serienmörder, der quer durch die USA tödliche Spuren hinterlassen hat, dingfest zu machen. Aber erst Susan bringt ihn auf die richtige Fährte.

Er fühlt sich zu der jungen Frau hingezogen und riskiert dabei mehr als nur sein Herz. Und die Zeit läuft ihm davon, denn der Mörder hat sich längst an ihre Fersen geheftet

R. J. Naef

Glühende Nadeln

Thriller

© 2017 »Glühende Nadeln« von R.J. Naef

Lektorat & Korrektorat:
Daniela Höhne / www.verlorene-werke.de

ISBN-13: 978-3-9524866-1-0
ISBN-10: 3952486612

Covergestaltung und Foto:
Daniel Larizza / www.bubble-media.ch
unter Verwendung eines Bildes von © Fedorov Ivan Sergeevich/
Shutterstock.com

Satz:
Corinna Rindlisbacher / www.ebokks.de

R. J. Naef
Olten / Schweiz
E-Mail: info@ruthnaef.ch
Weitere Informationen: www.ruthnaef.ch
Stand 1. Dezember 2017

Prolog

Schmerz! Durchdringend. Glühend.

Melanie sog scharf die Luft in ihre Lungen und riss die Lider auf. Herausgezerrt aus ihrem unruhigen, gequälten Schlaf, sah sie sich panisch um. Blinzelnd drehte sie den Kopf vom grellen Licht der Lampe weg, erfasste eine graue, fleckige Betonwand. Statt ihren selbstgeknipsten Landschaftsfotos erblickte sie rostige Eisenringe und staubige Spinnweben.

Nein, das war definitiv nicht ihr Schlafzimmer.

Überrollt von den Erinnerungen, schloss Melanie die Augen; ihr Wagen, der auf dem Heimweg den Geist aufgegeben hatte. Der sympathische, attraktive Mann, der ihr helfen wollte.

Schmerz!

Danach gähnende Leere, bis sie in diesem Raum aufgewacht war, festgebunden an einen gynäkologischen Stuhl.

Nackt. Erniedrigt.

Wie lange war das her? Ein paar Stunden, ein Tag, eine Woche? War es Tag oder Nacht? Sie wusste es nicht.

In Wellen schoss der Schmerz durch ihre Nackenmuskeln und ihr Schädel dröhnte. Sofort ließ sie ihren Kopf zurück auf die Unterlage sinken. Vorsichtig versuchte Melanie es erneut und erfasste mit nur einem Blick den robusten Tisch aus wurmstichigem Holz, der gegenüber an der Wand stand und auf das, was darauf lag. Sie erschauderte beim Anblick der Stecknadeln von der Beschaffenheit eines Zimmermannnagels. Die farbigen Köpfe schienen sie zu verhöhnen. Ihr Blick streifte weiter. Sie hielt den Atem an.

Der Bunsenbrenner!

Melanie vermeinte, das wütende Zischen der Flamme zu hören. Ängstlich fixierte sie den Brenner, der im Moment ausgeschaltet und unschuldig auf dem Tisch stand.

Sie riss sich davon los und starrte auf ihre gespreizten Beine, die festgezurrt auf den Stützen des Stuhls lagen. Angsterfüllt zerrte sie an ihren ebenfalls festgeschnallten Armen. Ein brennender Schmerz durchzuckte sie, die Lederriemen scheuerten über die aufgeschundenen Stellen, die roten Wundmale zeugten von dem tagelangen Martyrium. Sie betrachtete die farbigen Punkte der Nadeln, brutal in ihren Bauch getrieben. Ein feiner Geruch nach verschmortem Fleisch stieg ihr in die Nase. Erschöpft fiel ihr Haupt nach hinten, sie schloss die Augen und ließ die sanften Klänge in ihr Bewusstsein sinken.

Musik!

Panisch riss sie die Lider auf, die Melodie erklang nur, kurz bevor der Mann den Raum betrat. Auf diese Weise spielte er mit ihr. Zeigte ihr, dass ihre Tortur bald weitergehen würde.

Vorsichtig drehte sie den Kopf Richtung Treppe – noch war nichts zu sehen. Sie schloss die Augen, konzentrierte sich auf die Geräusche hinter der Musik.

Ein Schlüssel, der sich im Schloss umdrehte. Eine Tür, die quietschte, als sie geöffnet wurde. Das Knarren der morschen Stufen.

Eins, zwei.

All ihre Muskeln spannten sich an.

Drei, vier.

Melanie zerrte verzweifelt an ihren Beinen, doch die Riemen fixierten sie fest und endgültig an die erhöhten Stützen. Erschöpft hielt sie inne.

Fünf, sechs, sieben.

Ihr Herz raste und die feinen Härchen an ihren Armen stellten sich auf.

Acht, neun.

Adrenalin pumpte durch ihre Venen.

Zehn ...

Ein muskulöser, behaarter Fuß kam in ihr Blickfeld, dann ein zweiter. Wie gebannt starrte sie darauf, wie sie einen kurzen Moment auf der letzten Stufe verharrten. Lautlos setzte er seine Füße auf den Betonboden und kam auf sie zu. Die kräftigen Muskeln an den Oberschenkeln traten bei jedem Schritt hervor; die haarlose Brust hob und senkte sich. Unwillkürlich hielt sie den Atem an. Das Monster blieb direkt neben ihr stehen, sein steifer Penis streckte sich ihr entgegen. Angeekelt drehte sie den Kopf weg.

»Nicht weinen, ich bin ja da«, flüsterte er und wischte ihr zärtlich eine Träne weg. Ein Schluchzen entfuhr ihrer Kehle und sie schlug den Kopf hin und her. »Schscht, du brauchst keine Angst zu haben. Ich kümmere mich doch um dich.« Sanft drehte er ihren Kopf herum. »Komm, meine Schöne, schau mich an, ich möchte deine strahlenden grünen Augen sehen.«

Sachte schüttelte sie den pochenden Kopf und presste die Lider zusammen. Ihre Wangen schmerzten vom kraftvollen Druck seiner Finger.

»Sieh. Mich. An!«

Angsterfüllt riss sie die Augen auf und sah in sein vor Wut verzerrtes Gesicht. Mühsam versuchte sie zu schlucken, doch ihre Kehle war ausgedörrt, die Zunge lag geschwollen in ihrem Mund.

Melanie leckte über ihre rissigen Lippen. »Bitte … Wasser.« Flehend sah sie ihn an.

Der Mann lockerte den Griff und strich liebevoll über ihre Wange. Seine Augen nahmen einen warmen Glanz an und mit den zerzausten, braunen Haaren sah er unglaublich attraktiv und vertrauenserweckend aus. Genau wie an dem Abend, als ihr Wagen stehen geblieben war. Ein bescheuerter Fehler!

Unverwandt sah er sie an, gab keine Antwort. Ein Schauder durchfuhr ihren Körper, als er mit einer Hand nach unten wanderte. Seine rauen Fingerkuppen strichen über ihre ausgetrockneten Lippen, folgten den Konturen des Gesichtes über den Hals, zum Ansatz ihrer Brüste. Verräterisch stellten sich ihre Brustwarzen auf, als er über eine der dunklen Knospen fuhr. Melanie presste ihren Rücken in die Polster des Stuhls, doch es gab kein Entrinnen.

Ein Lächeln erhellte sein Gesicht, als er die bunten Nadelköpfe erblickte. Behutsam berührte er einen der Köpfe; der dumpfe Schmerz der tief im Fleisch steckenden Nadel ließ sie wimmern.

Ihre Augen folgten wie gebannt der Hand, die nach unten zu ihrem Oberschenkel wanderte; sie war ihm hilflos ausgeliefert. Erleichtert stieß Melanie den Atem aus, als er sich zurückzog und von ihr wegdrehte. Ohne ein Wort schritt er langsam auf den Holztisch zu. Das stilvoll gearbeitete Tattoo auf seinem Rücken, ein von roten Rosen umranktes, verschnörkeltes »S«, das von der Schulter bis zur Taille reichte, zog sie in den Bann.

Sie blinzelte heftig und sah an ihrem nackten Körper herunter. Ihr flacher Bauch schien eingefallen, nichts zu essen, seit längerer Zeit. Und durch den Flüssigkeitsmangel spannte ihre Haut vor Trockenheit. Resigniert wandte sie ihren Kopf weg von den farbigen Nadelköpfen, umgeben von Spuren aus Blut und Ruß, und starrte zur Decke. Plötzlich nahm Melanie eine Bewegung wahr, eine schwarze Kellerspinne krabbelte in ihre Richtung. Einen Moment vergaß sie, wo sie sich aufhielt, fixierte gebannt das eklige Insekt. Die Tiere mit den langen, behaarten Beinen, gruselten sie schon seit Kindertagen. Ihr Vater hatte versucht, ihr die Panik zu nehmen, ihr zu zeigen, dass man sich nicht fürchten musste. Doch noch heute verließ sie fluchtartig einen Raum, in dem eine Spinne saß.

Melanie kicherte hysterisch. *Als hätte ich keine anderen Probleme.*

Sie richtete den Blick wieder auf den Mann. Betrachtete sein Profil und wie er die Unterlippe zwischen die Zähne zog. So wirkte er wie ein kleiner Junge, der sich auf sein Spielzeug konzentrierte. Die Hände verdeckten seine Betätigung, jedoch ahnte sie, womit er sich beschäftigte. Das feine Klirren der Nadeln, als er diese vom Holztisch auf den silbernen Servierwagen legte, gab ihr recht.

Verzweifelt riss sie an den Fesseln. *Ich muss hier raus, ich kann das nicht ein weiteres Mal ertragen!*

Tränen liefen ihr aus den Augenwinkeln in ihr dunkel gelocktes Haar. Resigniert schloss sie ihre Lider. Es gab kein Entrinnen.

»*Mom, Dad*«, flüsterte sie gequält. Bilder flimmerten vor ihren Augen. Sie stand im Garten zusammen mit ihrem Papa: Sie ernteten leckere Erdbeeren. Sie vermeinte, ihren Vater zu hören. »*Meli, die Erdbeeren gehören in den Korb und nicht in deinen Mund*«, rief er ihr lachend zu und schwenkte den Zeigefinger. »*Wenn du weiterhin alle isst, dann hat Mama nicht genug für die Konfitüre. Da wird sie aber keine Freude haben.*« Sie leckte über die Lippen, wünschte sich sehnlichst, den Geschmack der köstlichen Früchte noch einmal zu schmecken.

Und ihre Mutter, sie vermisste sie unglaublich. Die liebevollen Umarmungen, die ihr eine tiefe Geborgenheit gaben. Was war passiert, warum hatte sie sich zurückgezogen, wann von ihnen entfernt? Melanie kannte den Grund genau: Die Scham war zu groß. Sie hatte Two Forks gehasst. Der kleine Ort mit den knapp zweitausend Einwohnern in Montana war ihr zu öde, die Leute zu engstirnig, die Winter zu kalt. Sie wollte in die weite Welt hinaus, etwas erleben. Aber die Illusion von Freiheit und Abenteuer wurde ihr schnell genommen. Beruflich hatte sie viel erreicht, einen stressigen, aber guten Job, nette Kollegen – aber Freunde hatte sie in den Jahren keine gefunden. Außer Rita, ihrer Arbeitskollegin, und ihren Vermietern hatte sie kaum Kontakte in San Rafael. Sie vermisste ihre Eltern, ihre Freunde und sogar Two Forks.

Bitte verzeiht mir, ich habe es nicht besser gewusst.

Verzweifelt riss sie erneut an den Fesseln – vergeblich. Schluchzend sank sie zurück. Eine Woge der Hilflosigkeit durchströmte sie, denn sie wusste, ihr blieb nur noch eine kurze Gnadenfrist.

Die Angst lag wie ein Mühlstein auf ihrer Brust, jeder

Atemzug war eine Qual. Das verhasste Quietschen des silbernen Servierwagens ließ sie erstarren.

Es war so weit.

Sie wollte wegsehen, aber ihr Blick blieb wie gebannt auf den Wagen geheftet. Mit Schaudern sah sie den Bunsenbrenner, die grauen Arbeitshandschuhe und die golden verpackten Kondome.

Aber was war das? Sie sah nur drei Nadeln, ein zugespitzter Metallstift, dick und lang wie ein Bleistift, oben statt eines farbigen Kopfes eine fein gearbeitete silberne Rose. Daneben zwei kleinere Kopien davon. Melanie starrte auf die erschreckenden und gleichzeitig wunderschönen Requisiten. Die Nadeln klapperten auf dem Aluminiumboden des Wagens, als ihr Peiniger diesen mit einem Ruck zum Stehen brachte.

Mit Grauen sah sie, wie er langsam nach einem der Kondompäckchen griff, es öffnete und den Gummi über seinen erigierten Penis streifte. Danach zog er einen der Handschuhe über die rechte Hand. Melanie zuckte zusammen, als sie das Zischen des Bunsenbrenners hörte.

Bedächtig fuhr das Scheusal mit der Hand über die Nadeln, es schien, als müsse er die perfekte auswählen. Langsam nahm er eine der Kleineren. Melanie starrte wie gebannt auf die filigrane Rose und folgte seiner behandschuhten Hand auf dem Weg zur Flamme. Nach kurzer Zeit leuchtete der Metallstift rot. Langsam drehte er den Brenner ab und trat lächelnd zwischen ihre Beine, die glühende Nadel in der einen und sein steifes Glied in der anderen Hand.

Die Musik erreichte ihren Höhepunkt, dröhnte in Melanies Ohren. Das Monster trat einen Schritt näher. Wie hypnotisiert starrte sie auf die Nadel, die bedrohlich über ihrer Brustwarze kreiste. Sie spürte die Hitze auf der empfindlichen Haut, gleichzeitig seinen pochenden Penis an ihrer Scham.

»Bitte nicht«, flüsterte sie völlig erstarrt.

Die Bestie lächelte sie an. »Komm, meine Schöne, lass uns spielen.«

Melanie schloss die Augen, als die glühende Spitze langsam in ihre Brustwarze eindrang – und schrie.

Kapitel 1

Die Frühlingssonne schickte erste wärmende Strahlen auf die hohen Felsen im Yosemite und eine friedliche Stimmung lag über dem Park. Nur zwei Adler segelten am Himmel und ein paar Streifenhörnchen lugten vorwitzig aus den Felsspalten. Sie beobachteten neugierig den Mann mit dem Seil. Ein Hämmern ließ die putzigen Tierchen erschreckt davonhuschen.

»Gib mehr Seil.« Steven schlug einen weiteren Felshaken in die Wand und klinkte das Seil in den Karabiner. Eine unbedachte Bewegung ließ seinen Fuß abrutschen. Er klammerte sich an den Haken und ein heftiger Schmerz trieb ihm den Schweiß auf die Stirn, die dunkelblonden Haare klebten im Nacken zusammen. Ermattet lehnte er den Kopf an den Felsen, er schloss die Augen und presste eine Hand auf die Seite; atmete flach gegen den Schmerz an. Sein Kopf ruckte beim Klang der Stimme seiner großen Schwester in die Höhe.

»Steven? Alles in Ordnung?« Jenny schützte ihre Augen mit den Händen gegen die Sonne und schaute zu ihrem Bruder. »Komm runter, es reicht.«

Steven packte das Seil, an dem sie energisch zog. »Hör

auf damit, es ist alles in Ordnung.« Er straffte seinen Körper. Das musste funktionieren, er war doch kein Weichei! Ein erneuter Versuch scheiterte, Steven hielt den Atem an.

Wie durch Watte vernahm er die Stimme von Jenny. »Musst du denn immer mit dem Kopf durch die Wand? Komm endlich runter und hör auf, die Fortschritte der letzten Wochen zunichtezumachen«, schrie sie und zog erneut an der Leine. »Komm jetzt, oder ich erzähle Mom, wie bescheuert du dich verhältst.«

Resigniert schnaubte er und begann den Abstieg. Auf keinen Fall wollte er sich mit seiner Mutter anlegen. Sophia Colby hatte ihre fünf Kinder auch heute noch gut im Griff. Vorsichtig stieg er hinunter und kam neben Jenny auf dem Boden auf. Er legte die Hand auf seine schmerzende Körperseite.

»Au, bist du verrückt?«, fauchte Steven, hüpfte zur Seite und rieb über die Stelle, wo sie ihn gekniffen hatte.

»Ich und verrückt? Das passt eher in dein Metier. Ich habe doch gesagt, es ist zu früh.« Sie sah ihn von der Seite her an. »Bist du überhaupt fit genug, um zu arbeiten? Es scheint, als wäre doch noch nicht alles verheilt.«

»Das klappt schon. Ich werde bei der Arbeit kaum an Wänden hochklettern«, erwiderte er, während er das Seil löste und aus dem Klettergurt stieg.

»Natürlich nicht. Du jagst nur böse Buben und lässt dich anschießen«, schnaubte Jenny.

Steven verdrehte die Augen. Das war nun mal sein Job. Als Polizist stand er immer an vorderster Front. Und genau dahin wollte er zurück. Schon als kleiner Junge konnte er es nicht erwarten, nach der Schule aufs Revier zu rennen. Spielplätze interessierten ihn nicht, die Polizeistation war viel spannender. Sein Vater, damals Polizeichef von San Rafael, hatte es geliebt, ihm alles zu zeigen.

»Hör zu, Steven, ich weiß, du liebst deinen Job, aber musst du dich da immer so reinhängen?«, riss Jenny ihn aus seinen Gedanken. Er lachte kurz auf. »Das gerade du das sagst … Seit Wochen kommst du nicht aus dem Park raus. Geschweige denn zu Besuch nach Hause.«

Ertappt! Amüsiert sah er, wie Jenny den Kopf senkte und auf ihrer Unterlippe kaute. Seine Schwester liebte ihre Arbeit als Rangerin im Park. Konnte den ganzen Tag in der Natur verbringen, ohne die Stadt zu vermissen. Aber gelegentlich vergaß sie, dass es ein Leben außerhalb gab.

Während Steven die letzten Seile zusammenrollte, wartete er auf eine Antwort. »Na, willst du nichts sagen?«

»Du bist echt nervig, kleiner Bruder.«

»Das liegt in der Familie«, grinste er und knuffte sie in die Seite.

»Apropos Familie«, Jenny sah zu ihm hin, »hast du etwas von Matt und Dylan gehört? Sie melden sich seit Wochen nicht.«

»Ich hatte das letzte Mal Kontakt, bevor ich zu dir gekommen bin. Aber Matt scheint es gut zu gehen, viel Arbeit mit seiner Sicherheitsfirma. Dad hat erzählt, er hätte einige lukrative Aufträge an Land gezogen. Was bei Dylan los ist, keine Ahnung. Ich versuche dauernd, ihn zu erreichen, aber er ruft nicht zurück.« Steven stopfte die letzten Seile in den Rucksack.

Jenny runzelte die Stirn. »Langsam mache ich mir wirklich Sorgen. Seit er sich von Selena getrennt hat, hat er völlig dicht gemacht. Dabei war sie das Beste, was ihm passieren konnte, seit Laura gestorben ist.«

»Ich weiß«, bestätigte Steven. »Wenn er sich nicht bald meldet, fahre ich nach San Francisco und schaue nach ihm. Okay?«

»Danke. Nicht, dass er Dummheiten macht.«

»Es geht ihm bestimmt gut, sonst hätten wir etwas gehört. Und für die Dummheiten ist unser Wirbelwind Amber zuständig«, schmunzelte Steven beim Gedanken an seine jüngste Schwester.

»Ich möchte einfach nicht, dass jemandem von euch etwas passiert«, meinte Jenny mit ernster Miene.

Er legte ihr einen Arm um die Schultern. »Das weiß ich. Und nun lass uns zusammenpacken. Ich habe einen langen Heimweg vor mir.«

»Du kannst gerne länger bleiben«, bot ihm seine Schwester an.

»Das klingt verlockend, aber wenn ich weiterhin rumsitze, werde ich verrückt. Und ich muss zurück ins Büro und nachschauen, was Ryan ohne mich alles anstellt. Man sollte ihn nicht zu lange sich selbst überlassen.«

Jenny grinste. »Das sollte man tatsächlich nicht.« Friedlich packten sie die restlichen Sachen zusammen.

»Versprich mir, dass du es langsam angehst, okay?«, verlangte sie.

»Solange sich die Verbrecher auch daran halten, versprochen.«

Kapitel 2

Durch die Windschutzscheibe starrte Steven auf das rote Backsteingebäude des Polizeireviers. Unbewusst folgten seine Finger den Konturen der Dienstmarke und eine Flut von Emotionen durchströmte ihn. Die Auszeit im Park hatte die sichtbaren Verletzungen geheilt, jedoch die Schreie der Kinder in seinen Träumen ...

Die Detectives befestigten die Klettverschlüsse der kugelsicheren Westen und stiegen in den Wagen. Ryan und er waren vom FBI angefordert worden, um einen Kinderhändlerring auffliegen zu lassen. Steven wusste, dass sie bei dieser Aktion nur geduldet wurden, um den Papierkram kleinzuhalten. Keine örtliche Polizeibehörde mochte es, wenn das FBI in ihren Gewässern wilderte und daher verlangten die meisten eine Zusammenarbeit. Und obwohl sie beide nicht sonderlich erpicht darauf waren, mit dem FBI zu arbeiten, wollten sie helfen, diese Monster hinter Schloss und Riegel zu bringen.

Wortlos fuhren sie durch die Dunkelheit ins Industriegebiet. Ohne Blaulicht und Sirene rollten sie auf den Hof einer baufälligen Fabrikhalle, nicht weit vom Einsatzort entfernt. Ryan überprüfte zum hundertsten Mal seine Waffe.

Düster und bedrohlich ragten die Gebäude vor ihnen auf. Kurz darauf erreichten sie die sich bereits vor Ort befindlichen Einsatzfahrzeuge. Lautlos stiegen sie aus und schlossen die Türen geräuschlos. Eine unheimliche Ruhe lag über dem Gelände und die Nervosität der Polizisten war nahezu greifbar.

Steven und Ryan traten auf eine Gruppe Männer zu, vor denen ein FBI-Agent stand. Speckröllchen quollen ihm aus dem Hemdkragen und er fuhr sich mit einem Taschentuch über die Stirn. Er hob das Kinn und ein verächtlicher Ausdruck überzog sein feistes Gesicht, als er sie kommen sah. Kurz nickte der Agent und wandte sich wieder seinen Männern zu. Steven und Ryan stellten sich zu der Gruppe. Leise informierte sie der schwitzende Mann, dass die Kinder lediglich von drei Personen bewacht wurden; eine unkomplizierte Sache. Rein, unschädlich machen, befreien. Ein Sonntagsspaziergang.

Steven schnaubte gereizt über den abschätzigen und leichtfertigen Ton des Mannes. Es ging um Kinder und das sollte man verdammt noch mal ernst nehmen. Aber was wollte man vom FBI anderes erwarten?

Unverzüglich brachte sich das Einsatzkommando in Stellung, die Agenten und die beiden Detectives warteten in einiger Entfernung. Ein schwarzgekleideter Mann schob eine Kamera unter der Tür durch. Nach der bestätigten Meldung, wie viele Menschen sich in der Halle aufhielten, drang das SWAT-Team ein. Ein paar Schüsse fielen und einige Minuten später war alles vorbei. Steven, Ryan und die Ermittler des FBI betraten vorsichtig das Gebäude. Agent Sinclair eilte zu den Verbrechern, die am Boden knieten, umringt von den Mitgliedern des SWAT-Teams. Das selbstverliebte, arro-

gante Arschloch sah aus, als würde er sich gleich selbst auf die Schulter klopfen.

Steven schüttelte den Kopf, nickte Ryan zu und zusammen drangen sie vorsichtig in die unübersichtliche Halle vor. Dieses Gebäude war ein einziger Hinterhalt. Vollgestellt mit Paletten verbargen sich unzählige Verstecke. Geschickt wichen sie den Hindernissen aus und drangen tiefer vor.

Unerwartet hallten Schüsse aus dem unteren Bereich zu ihnen herauf.

Steven lief ohne zu zögern los, ignorierte die Rufe von Ryan. Das Adrenalin pumpte durch seinen Körper, aber es gelang ihm, die Atmung ruhig zu halten. Doch was er unten sah, ließ ihm das Blut in den Adern gefrieren.

Ein grobschlächtiger Mann stand im Türeingang und schoss mehrmals in den vor ihm liegenden Raum. Kinder schrien und Steven hob, ohne zu überlegen, die Pistole. »Keine Bewegung! Waffe fallenlassen!«, brüllte er.

Der Hüne wirbelte herum, die Knarre im Anschlag. Seine eiskalten Augen erfassten Steven, stellten die Pupillen scharf und für einen Moment schien die Zeit stillzustehen.

Gleichzeitig eröffneten sie das Feuer.

Ein heftiger Ruck riss Steven zu Boden. Schlagartig wurde ihm die Luft aus beiden Lungenflügeln gepresst, scharf schnappte er nach Atem. Seine linke Seite pochte schmerzhaft. Mühsam rollte er herum und versuchte sich abzustützen. Mit schmerzverzerrtem Gesicht sackte er erneut zusammen. Langsam kroch er auf den Schützen zu, die Waffe neben diesem nicht aus den Augen lassend. Mühsam kam er auf die Knie und überzeugte sich, dass der Mann keine Gefahr mehr darstellte. Sein Blick fiel in den muffigen Kellerraum. Sein Gehirn begriff nur langsam, was er sah.

Fünf Kinder lagen brutal hingerichtet auf dem Boden.

Mühsam zog er sich am Türrahmen in die Höhe.

Drei Mädchen, nicht älter als zwölf, Haare und Kleidung vollkommen verdreckt, drängten sich verängstigt in einer Ecke aneinander. Steven wollte auf die Kinder zugehen, um sie zu beruhigen. Ihre aufgerissenen Augen trafen ihn mitten ins Herz.

Der Raum fing urplötzlich an, sich zu drehen und er fiel auf die Knie. Schmerzwellen wogten über ihm zusammen und er begriff, dass es diesmal doch nicht glimpflich abgelaufen war.

Er hätte dem FBI nicht vertrauen dürfen. Vorsichtiger sein müssen, vielleicht wären die Kinder dann noch am Leben.

Schweißperlen traten ihm auf die Stirn. Steven presste eine Hand auf die Seite und sog scharf die Luft ein. Der brennende Schmerz fuhr ihm wie ein Messer durch den Körper und Blut färbte seine Finger rot. Er sank zusammen und …

Ein Klopfen auf der Beifahrerseite riss ihn in die Wirklichkeit zurück. »Brauchst du eine schriftliche Einladung?« Sein Partner Ryan grinste ihn durch die Scheibe an.

»Willst du mich umbringen?« Müde strich Steven sich über die Augen.

Der braunhaarige Ire trabte um die Kühlerhaube. »Hast du Angst oder warum sitzt du hier im Auto rum?«, witzelte er und riss die Türe auf.

»Ach, halt die Klappe«, schnauzte Steven und schwenkte vorsichtig die langen Beine aus dem Wagen und stieg aus. Ryan trat einen Schritt zur Seite.

»Komm schon, alle freuen sich auf dich, vor allem der Chief.«

Steven zog den Kopf zwischen seine Schultern. »Ist sie sehr wütend?«

»Was meinst du wohl? Du stürzt dich in eine Kugel und liegst sechs Wochen auf der faulen Haut. Wie soll sie schon drauf sein?« Freundschaftlich klopfte Ryan ihm auf den Rücken. »Komm her, ich bin froh, dass du heil zurück bist.« Steven zuckte unter der heftigen Umarmung zusammen, erwiderte sie aber, froh, seinen Partner wiederzusehen. »Entschuldige! Noch immer Schmerzen?«, fragte Ryan unsicher.

»Nicht schlimm. Los komm, bringen wir es hinter uns.«

*

Zögernd stieß Steven die Glastür des Reviers auf und der altbekannte Geruch nach Reinigungsmitteln und menschlichen Ausdünstungen stieg ihm in die Nase. Trotz der frühen Stunde standen bereits einige Zivilisten am Empfangstresen und redeten gestikulierend auf einen Officer ein. Auf der linken Seite saß ein Mann zusammengesunken auf einem der grauen Plastikstühle, ein Arm mit Handschellen an eine der Stangen an der Wand gefesselt und schnarchte. Schmunzelnd betrachtete er die vertrocknete Pflanze, die in der Ecke stand. Der fehlgeschlagene Versuch, ein wenig Freundlichkeit in die Empfangshalle zu bringen.

»Sieh an, was die Katze uns hier angeschleppt hat.« Bei der dröhnenden Stimme wirbelte Steven herum und ein Lächeln überzog sein Gesicht. Mike Straton, das Urgestein des Reviers stand kurz vor der Pensionierung und verbrachte die letzten Monate im Innendienst. Der groß gewachsene, grauhaarige Mann kam mit federnden Schritten auf ihn zu.

»Es wird Zeit, dass du endlich in die Hufe kommst, der Kleine hier wusste schon nicht mehr ein und aus«, dröhnte er.

Ryan zog nur eine Augenbraue nach oben und schnaubte.

»Es ist schön, wieder hier zu sein und zu sehen, dass noch alles beim Alten ist.« Steven taumelte, als Mike ihm auf die Schulter schlug. »Der Chief kann es kaum erwarten, dich zu sehen.«

»Da bin ich mir nicht so sicher«, tief atmete er ein.

»So schlimm wird es schon nicht werden«, zwinkerte Mike und stampfte zurück an den Tresen.

Langsam folgte Steven seinem Partner die Treppe hoch in den zweiten Stock. Seine Beine fühlten sich mit jeder Stufe schwerer an.

Beim Betreten des Großraumbüros überfluteten ihn die unzähligen Geräusche. Telefone klingelten, Tastaturen klackten und das leise Raunen der Kollegen im Raum drang an seine Ohren. Fünf Blöcke mit je zwei Schreibtischen standen im Raum verteilt. Es gab ein paar Grünpflanzen und die weiß gestrichenen Wände brachten ein wenig Helligkeit, trotzdem wirkte der Raum kahl und langweilig.

Kurz hielt er sich an einem, mit Aktenordnern gefüllten, Regal fest, überwältigt von seinen Emotionen. Noch vor einigen Wochen war nicht klar gewesen, ob er diesen Raum jemals wieder betreten würde. Je wieder als Polizist würde arbeiten können. Ein unglaubliches Gefühl, von nach Hause kommen, überfiel ihn. Seine Kollegen winkten ihm zu und hießen ihn willkommen. Vorsichtig sah er sich um und versuchte unauffällig zwischen dem ganzen Händeschütteln in die hintere Ecke zu kommen, wo sein Schreibtisch auf ihn wartete. Vergeblich.

»Colby, sofort in mein Büro.« Die lautstarke Stimme des Chiefs ließ ihn zusammenzucken.

»Geh schon, sie wird dir nicht gleich den Kopf abreißen. Ich hole uns in der Zwischenzeit einen Kaffee.« Ryan flitzte in die Küchenecke.

»Das sagst du so einfach, du musst da ja nicht rein«, rief ihm Steven nach. Er warf sein Sakko auf den Stuhl und zog das Shirt zurecht.

Langsam schlich er auf das Büro von Chief Diana Abott zu. Solange Captain Fuller, wegen einer familiären Geschichte, in Boston war, rapportierten sie direkt an die Polizeichefin. Er kannte und mochte die resolute Frau seit seiner Kindheit. Sie war eine der ersten Polizistinnen in San Rafael, und das zu einer Zeit, als es keine einfache Sache für Frauen in diesem Job gewesen war. Sich einen Platz in einer von Männern dominierten Welt zu erobern, hatte sie viel Kraft gekostet, aber sie hatte durchgehalten und sich zu einer erstklassigen Ermittlerin hochgearbeitet.

Chief Abott hatte den Job, als Nachfolgerin seines Vaters, mehr als verdient, denn sie war eine Frau mit dem Herz auf dem rechten Fleck. Die meisten unterschätzten die zierliche, eins sechzig große Frau, aber sie konnte hart durchgreifen. Trotzdem stand sie hundertprozentig hinter ihren Leuten. Steven klopfte an und öffnete die Tür zum Büro des Chiefs.

»Da sind Sie ja endlich. Sie sehen erholt aus«, meinte sie und blickte ihn freundlich an.

»Vielen Dank, Chief.« Steven ließ den angehaltenen Atem entweichen. Aber er hätte wissen müssen, dass diese Ruhe trügerisch war.

»Verdammt, Colby, was haben Sie sich nur dabei gedacht? Himmel noch mal, Sie hätten tot sein können! Werden Sie denn niemals erwachsen?«, donnerte sie und ihre strafende Miene ließ ihn den Kopf einziehen.

»Eine solche Aktion werden Sie nicht noch einmal durchziehen, verstanden?! Sonst können Sie in Zukunft Akten im Archiv sortieren!«

»Jaja«, murmelte Steven.

»Wie bitte?« Ihre Stimmlage stieg um eine Oktave.

»Verstanden, Chief.«

»Na, geht doch«, entgegnete sie ein wenig sanfter. »Und wie fühlen Sie sich? Sind Sie sicher, dass Sie einsatzfähig sind?«

»Auf jeden Fall. Ich hatte genug Zeit, mich zu erholen. Und die Zeit im Yosemite hat mir gutgetan.«

»Gut zu hören. Aber Sie wissen, dass noch ein Besuch bei Dr. Snyder ansteht?«

Steven schluckte. Der Polizeipsychologe war ihm gut in Erinnerung aus der Zeit, bevor er sich in den Park abgesetzt hatte. Nach solch einem Trauma wünschte man sich jemanden, der wusste, was man durchgemacht hatte. Dr. Snyder war definitiv nicht dieser Mensch.

»Chief, ich denke nicht, dass das nötig sein wird. Ich fühle mich bestens.«

»Das war keine Bitte, Detective.« Ihre Augen sagten: *Keine Diskussion*. Daher nickte er, was sie zur Kenntnis nahm.

»Und nun ab an die Arbeit, die macht sich nicht von allein.«

Steven flüchtete aus dem Büro, zurück an seinen Schreibtisch. Dankbar griff er nach der Tasse Kaffee, die Ryan hingestellt hatte.

»Na, Standpauke überstanden?«, feixte sein Partner.

Steven rollte grinsend mit den Augen und beäugte dann misstrauisch seinen sonst perfekt aufgeräumten Schreibtisch. Aktenberge belegten die Arbeitsfläche, nur vor der Tastatur existierte ein blanker Fleck.

»Wie sieht es denn hier aus? Habt ihr mir alle Fälle, die ihr nicht lösen konntet, auf den Tisch gelegt?«

»Aber nein. Du weißt doch, wir arbeiten viel besser, wenn du nicht da bist«, witzelte Ryan und versuchte der Papierkugel auszuweichen, die auf ihn zuflog. »Aua, das war jetzt aber nicht nett.«

Steven öffnete eine der Akten und runzelte die Stirn. »Die sind ja uralt.«

»Der Chief meint, du sollst es langsam angehen. Es sind alte Fälle, da fehlt noch ein wenig Papierkram.«

»Das ist jetzt nicht ihr Ernst, oder?« Steven schob die Stapel zur Seite; er würde den Teufel tun und alte Akten durchackern.

»Gibt es nichts Neues, was wir bearbeiten können?«, fragte er hoffnungsvoll.

»Alles friedlich. Die Verbrecher genießen die prachtvolle Frühlingssonne.«

»Sehr witzig. Und das Paket hier?«

»Keine Ahnung. War am Freitag noch nicht hier.«

Steven drehte den Karton nach allen Seiten. Er zuckte mit den Schultern, stellte ihn auf den Tisch und widmete sich der übervollen Mailbox.

»Willst du es nicht aufmachen?« Ryan schielte auf das

Paket. Das Klopfen der Füße seines Partners nervte zwar, aber Steven ignorierte ihn.

»Und wenn es etwas Wichtiges ist?«, stresste Ryan weiter und strich sich durch die dunklen, gewellten Haare.

Steven grinste. Sein Partner war wie ein kleines Kind zu Weihnachten. Er genoss es, ihn zappeln zu sehen und widmete sich weiterhin seinem Computer.

»Steven!«

»Ryan?«

»Bist du sicher, dass du das Paket nicht aufmachen willst?«

Steven lachte. Wusste er doch, dass man den Iren mit solchen Aktionen wahnsinnig machen konnte. Das Päckchen flog auf den gegenüberliegenden Tisch. »Hier, damit du Ruhe gibst.«

Schmunzelnd beobachtete Steven seinen Partner, der eine Schere schnappte und die Schnur durchtrennte. Ungeduldig zupfte er am Klebeband, endlich hatte er das Papier entfernt. Vorsichtig öffnete er den Deckel und sog scharf die Luft ein. »Verdammte Scheiße! Soll das ein Witz sein?« Das Entsetzen in der Stimme seines Partners ließ Steven aufhorchen; mit zwei großen Schritten war er an dessen Seite. »Was zum Teufel …?« Er starrte hinein; ungläubig sahen sich die beiden an.

»Das wird kein guter Tag«, unkte Steven.

Eine ungewohnte Ruhe lag über dem Gelände der 1924 erbauten San-Rafael-Highschool. Wo normalerweise hunderte Jugendliche über den Platz hetzten, zusammen lachten und diskutierten, hörte man nur das entfernte Brummen der Autos von der Straße.

Eine Weiterbildung der Lehrerschaft bescherte den Schülern einen freien Tag und dem alten Hausmeister vierundzwanzig Stunden ohne nervige Rotzlöffel. Trotz Pensionierung war Carl Henderson jeden Tag in der Schule, auch wenn jetzt ein professioneller Hauswartdienst zuständig war. Nach mehr als vierzig Jahren war es schwer, einfach damit aufzuhören und die Schulleitung duldete die Anwesenheit des pensionierten Mannes.

Langsam schlurfte er mit leicht gebeugtem Rücken über den Platz. Die Glieder schmerzten, aber er hatte ja sonst nichts zu tun. Seit dem Tod seiner Frau fiel ihm zu Hause die Decke auf den Kopf und Kinder hatte er keine.

Mit einem Abfallpicker hob er Bierdosen und Burgerpapier auf, welche überall herumlagen und legte alles in einen kleinen Handwagen, den er quietschend hinter sich herzog. »Verdammtes Pack, kein Respekt«, schimpfte er laut. Seine Augen hafteten am Boden und er hatte keinen Blick für die reizvolle Umgebung. Langsam folgte er dem betonierten Weg, der graue Arbeitskittel schlenkerte um seine hagere Gestalt. Vor einer Spur aus roten Rosenblättern blieb er stehen. »Was zum Teufel ist das denn? Das gibt es doch nicht!« Wütend hob er den Kopf und sah sich um. »Räumt denn hier gar keiner mehr auf?«

Neugierig geworden folgte er langsam den roten Blättern, bis zum Platz vor dem Highschool-Radiosender. Ein gepflegter kleiner Park, mit groß gewachsenen alten Bäumen, die Schatten spendeten in der heißen Jahreszeit. Normalerweise bevölkert von zahlreichen Schülern, lag heute eine beunruhigende Stille über dem kleinen Flecken. Selbst die Vögel hatten ihr Gezwitscher eingestellt, als wüssten sie, dass hier etwas Unheimliches vorging.

Carl Henderson folgte den Rosenblättern und sah an einem der Bäume etwas hängen. Seine Augen waren nicht mehr die Besten, daher konnte er nicht genau erkennen, um was es sich handelte, sah aus wie eine Vogelscheuche.

Er kniff die Augen hinter seinen dicken Brillengläsern zusammen und näherte sich langsam. »Das waren bestimmt diese verdammten *Bulldogs*. Nichts als Blödsinn im Kopf«, brummte er.

Das Footballteam der Schule war bekannt für seine makabren Streiche, die sie vor allem gern dem alten Hausmeister spielten. Carl stapfte noch ein wenig näher, den Abfallpicker bereits erhoben, um die Sauerei herunterzuholen. Der gestreckte Arm erstarrte mitten in der Bewegung. Er rückte einen weiteren Schritt vor. Seine Augen weiteten sich und der Atem stockte. Das Werkzeug fiel zu Boden und Carl schlug die Hand vor den Mund. Panisch drehte er sich um und erbrach sich in den hinter ihm stehenden Handwagen.

Steven reckte sich auf dem Stuhl, kreiste mit dem Kopf, bis die Halswirbelsäule knackte. Mühsam unterdrückte er ein Gähnen und knetete seinen schmerzenden Nacken.

»Das klingt ja schrecklich. Das kommt davon, wenn man so verweichlicht ist wie du«, spottete Ryan.

»Nach so viel Freiheit muss man sich erst an diese Sklavenhaltung gewöhnen«, konterte er.

Voller Unbehagen zog er das geöffnete Paket heran und betrachtete die handgenähte Voodoopuppe, die mit farbigen Stecknadeln gespickt war. Am meisten schockierte ihn das Gesicht. Ausgeschnitten aus einem Foto, zeigte es ein hübsches Antlitz umrahmt mit dunklen Locken.

»Ich habe ein ganz mieses Gefühl.« Langsam stellte Steven das Paket zurück auf den Tisch.

»Meinst du, da kommt was nach?«

»Hoffentlich nicht, ich möchte nicht wissen, wie so etwas in echt aussieht. Aber wir sollten es zur Sicherheit an die Spurensicherung weitergeben. Es ist zwar unwahrscheinlich, dass sie etwas finden, aber man kann nie wissen.«

Er zuckte zusammen, als sein Telefon klingelte.

»Steven Colby.«

Aufmerksam hörte er zu, während sich auf seiner Stirn eine steile Falte bildete, die normalerweise nichts Gutes zu bedeuten hatte.

»Okay, Mani, wir machen uns gleich auf den Weg.« Langsam legte er den Hörer auf und sah zu Ryan. »Ich glaube, wir werden bald wissen, was es mit diesem Voodoo Ding auf sich hat.«

*

»Nimm die Mission, die Third ist um diese Zeit immer verstopft«, murmelte Ryan, während er das Blaulicht aufs Dach pappte. Steven schaltete die Sirene ein und, wie von Geisterhand entstand vor ihnen eine Lücke.

»Na, geht doch«, brummelte er zufrieden.

»Der Chief wird nicht erfreut sein, wenn du nicht vor den alten Akten sitzt. Wenn man ihre Anweisungen missachtet, kann sie sehr wütend werden.«

Steven zuckte nur die Schultern. »Sie kennt mich lange genug und weiß, dass sie mich nicht im Büro halten kann.«

»Du wirst schon wissen, was du tust«, murmelte Ryan.

»Steven – Vorsicht!«

Geschickt wich dieser einem plötzlich bremsenden Wagen aus. Ryan ließ langsam den Atem entweichen. »Kumpel, lass uns leben. Ich habe noch einiges vor. Übrigens, was war denn vorhin am Telefon mit Mani los? So aufgeregt habe ich den noch nie erlebt.«

»Keine Ahnung. Er meinte, er könne mir das nicht beschreiben, das müssten wir uns selbst ansehen.«

»Da bin ich mal gespannt. Ich hoffe, es dauert nicht zu lange, ich treffe heute die Kleine von letzten Mittwoch.« Ryan schnalzte mit der Zunge.

Steven bremste abrupt, da ein Auto vor ihm nur langsam zur Seite wich. Genervt drückte er die Hupe und der Wagen fuhr an den Straßenrand.

»Ach, Ryan, wann wirst du endlich erwachsen?«

»Wenn deine Schwester mich erhört«, schmunzelte dieser, zog aber gleichzeitig den Kopf ein.

»Nie im Leben. Wenn du Amber zu nahe kommst, bist du tot«, grimmig lenkte Steven den Wagen durch die enge Gasse der Autos.

»Hey, ich bin dein bester Freund. Etwas Besseres als mich in der Familie zu haben, kann dir gar nicht passieren. Deine Eltern lieben mich!«

Steven kam nicht mehr dazu, etwas zu erwidern, abrupt hielt er vor der Absperrung an, denn das riesige Gelände war schon an der Zufahrt durch ein Band gesperrt. Die rotierenden Lichter der Streifenwagen legten einen bläulichen Schimmer auf die umliegenden Gebäude. Steven fuhr vorsichtig wieder an und umfuhr eine Meute Gaffer, die an der Straße standen, obwohl es von dort nichts zu sehen gab. Er drückte kurz auf die Hupe und die Leute sprangen erschreckt zur Seite. Der Officer hob das gelbe Band, damit sie durchfahren konnten.

»Mist, hast du gesehen? Die Presse ist auch schon da. Und jede Menge Gaffer, ich werde diese Leute nie verstehen.« Steven bremste kurz ab, um eine freie Lücke für sein Auto zu finden. »Wie wissen die immer so schnell, dass etwas passiert ist?«

»Schon mal was von Polizeifunk gehört?«, erwiderte Ryan.

Steven schnaubte nur und stellte den Wagen ab.

Die beiden stiegen aus und Manfred Shriver kam bereits ungeduldig auf sie zu. Man konnte dem Officer die Erschütterung ansehen und das hieß einiges bei einem Mann, der seit mehr als dreißig Jahren Tag für Tag auf der Straße Streife fuhr.

»Guten Morgen, Mani, was ist denn mit dir los, noch nie eine Leiche gesehen?« Ryan schlug ihm auf die Schulter.

»O'Sullivan, du …«, genervt drehte der Polizist sich weg.

»Mani, was haben wir hier?«, fragte Steven ungeduldig.

»Kommt mit und seht selbst.« Mani führte sie auf den kleinen Park zu, an den Steven sich sehr gut erinnern konnte. Die mächtigen Bäume, die hölzernen Parkbänke, viele lauschige Plätzchen. Ein leicht wehmütiges Gefühl überkam ihn, als er an die sorgenfreie Zeit dachte. Einigen Blödsinn hatten sie verbrochen und wohl ein paar Lehrer an den Rand des Wahnsinns getrieben. Aber es war eine gute und unbeschwerte Zeit gewesen.

Steven wurde jäh aus seiner Reise in die Vergangenheit gerissen, denn Mani stoppte sie und zeigte auf den Boden. Eine Spur aus Rosenblättern folgte dem Weg und sie sahen sich verdutzt an.

»Genauso ist es mir auch ergangen. Ein verdammter Romantiker.« Mani trat einen Schritt zur Seite, um an der Rosenspur entlangzulaufen. Sie betraten den Platz vor dem Radiosender. Weißgekleidete Techniker wuselten über die Rasenfläche. Wortlos arbeiteten sie, suchten den Boden ab und tüteten Gegenstände in Plastikbeutel. Das Klicken einer Kamera war in der Stille zu hören, Foto um Foto entstand. Ein Mann der Spurensicherung trat zur Seite und beim Bild, das sich ihnen dadurch bot, hielten die beiden Detectives den Atem an.

»Ach du Schande! Die sieht ja aus wie die Puppe aus dem Paket«, stieß Ryan gepresst hervor.

Mani drehte sich zu dem Iren um. »Was für eine Puppe?«

Steven trat einen Schritt nach vorne. Eine hübsche junge Frau war mit den Händen am Ast eines Baumes aufgehängt worden, die Beine züchtig verschlungen. Ihre gebrochenen Augen blickten starr in die Ferne und ihr dunkles lockiges Haar umschmeichelte ihr wächsernes Gesicht. Steven erfasste den nackten Körper der Frau, unzählige farbige Kugeln waren über den Bauch und das Gesäß verteilt. In ihrer Brust steckte eine dicke Nadel mit einer Rose am Ende und in jeder Brustwarze eine kleinere Version davon.

»Was zum Teufel ist das?« Ryan trat näher an die Frau heran.

»Stopp, O'Sullivan, wir haben noch nicht alle Spuren gesichert!« Ethan Jackson, der Chef der Spurensicherung, kam mit schlaksigen Schritten auf sie zu. »Ihr könnt doch nicht meinen Tatort zertrampeln, wartet gefälligst, bis wir fertig sind.« Die Statur des Mannes flößte jedem im Team Respekt ein, trotz der unpassenden, bunten Hawaiihemden, die er immer trug. Ryan trat sofort einen Schritt zurück neben seinen Partner.

»Die sieht doch wirklich aus wie die Puppe, die wir heute Morgen bekommen haben, dasselbe Gesicht. Oder nicht?«, fragte Ryan.

Steven drehte sich langsam zu ihm um, die Augen starr auf die Frau gerichtet. Die Sonnenstrahlen verbreiteten ein warmes Gefühl auf seiner Haut; es fühlte sich hier und jetzt überhaupt nicht richtig an.

»Entschuldige, was hast du gesagt?«, fragte Steven mit rauer Stimme und schaute zu der Frau, die am Baum hing.

»Ich sagte, sie sieht aus wie die Puppe, die wir heute mit dem Paket bekommen haben.«

Mit gerunzelter Stirn sah Steven seinen Partner an. »Was zum Teufel ist denn das für ein kranker Typ? Die Nadeln sind ja riesig. Ich hoffe, sie hat nicht mehr gelebt, als er ihr das angetan hat.« Die tiefe Falte auf Stevens

Stirn trat hervor. Er drehte sich zu Mani um. »War der Doc schon da?«

»Sie sollte jede Minute eintreffen.« In diesem Moment trat die Gerichtsmedizinerin zu ihnen, ihr langes kupferrotes Haar, wie immer zu einem Pferdeschwanz gebunden. Ungläubig schaute sie auf die Szene, die sich ihr bot.

»Guten Morgen, Doc«, begrüßten die Detectives die Frau.

»Steven, Ryan.« Kopfschüttelnd stand sie kurz darauf vor der Leiche. Gründlich musterte sie den Körper, der vor ihr hing, dankbar, dass die Spurensicherung nichts verändert hatte. »Das ist ja was ganz Neues. Ethan, darf ich sie schon untersuchen?«

»Einen Moment, wir sind gleich fertig, nur ein paar Minuten, dann gehört sie ganz Ihnen.« Fast zärtlich steckte er die Hände der Toten in Tüten, damit mögliche Beweise nicht verlorengingen.

Doktor Amanda Lang umrundete die Leiche und nahm eine erste Betrachtung vor, begutachtete die farbigen Kugeln und schüttelte den Kopf.

Steven beobachtete sie. »Was meinen Sie, Doc, wie lange ist sie bereits tot?«

»Auf den ersten Blick würde ich sagen, seit ungefähr zehn bis zwölf Stunden, die Totenstarre ist nicht voll ausgeprägt.«

»Das wäre dann um elf gestern Nacht.« Steven runzelte die Stirn. »Und die Todesursache?«

»Das kann ich so nicht sagen. Die kleineren Nadeln werden kaum die Ursache sein. Aber die große Nadel im Herz, möglich, dass diese zum Tod geführt hat. Aber wie immer – mehr nach der Obduktion.«

Amanda sah sich um. »Ethan, Sie können sie nun runternehmen. Aber vorsichtig, damit keine der Nadeln verloren geht.« Aufmerksam beobachtete sie den Techniker, der eine Leiter aufstellte und hochstieg, um das Seil durchzuschneiden. Langsam senkte sich die Frau in die Tiefe auf die bereitliegende Plane. Die Gerichtsmedizinerin kniete sich hin und fuhr mit der behandschuhten Hand über die Haut der Frau.

»Wurde sie vergewaltigt?«, fragte Steven vorsichtig nach.

»Aufgrund der blaue Flecken an den Innenseiten der Oberschenkel und Abschürfungen an den äußeren Geschlechtsorganen würde ich sagen ja, aber …«

»Ich weiß, mehr nach der Obduktion.« Steven nickte ihr zu. »Danke erst mal, Doc.«

Die beiden Detectives entfernten sich vom Tatort.

Ryan schüttelte sich. »Wie kommt jemand nur auf die Idee, eine Frau als Nadelkissen zu missbrauchen?«

»Das ist eine gute Frage«, erwiderte Steven. »Ethan?«

»Ja«, brummte dieser, ohne seine Arbeit zu unterbrechen.

»Hat man eine Tasche oder Kleider gefunden, etwas, woran man sie identifizieren könnte?«

»Nichts. Wir haben das ganze Schulgelände gesperrt und suchen weiter. Vielleicht haben wir ja Glück. Aber es wird dauern, das ist ein weitläufiges Areal.«

»Okay, vielen Dank. Ach, eine Bitte, könntest du einen Fotografen nach vorne schicken, der Fotos von den Gaffern macht?« Ethan nickte nur und winkte einem der Männer, der mit einem Fotoapparat herumlief.

Steven betrachtete die Umgebung. »Wohin ist Mani verschwunden?«

Der Gesuchte trat zu ihnen. »Ich bin hier.«

»Wer hat die Tote gefunden? Und warum sind keine Schüler hier?«

»Die Schule ist heute geschlossen, eine Konferenz der Lehrer. Der Hausmeister, Carl Henderson, hat sie entdeckt, als er am Morgen einen Rundgang gemacht hat. Der arme Kerl muss sich die ganze Zeit übergeben und sitzt beim Eingang um die Ecke.«

Steven fuhr sich durch die Haare. »Ach, den gibt es immer noch? Der müsste doch längst im Rentenalter sein.«

»Du kennst den Typ?«, wollte Ryan wissen.

»Ich bin doch hier zur Schule gegangen. Hoffe, er kennt mich nicht mehr.«

*

Die beiden Detectives begaben sich auf die Suche nach dem Hausmeister. Dieser hockte wie ein Häufchen Elend auf einer Treppe. Ein ungewohnter Anblick für Steven, kannte er den Mann nur als schimpfenden Kerl, der den Schülern das Leben schwer machte.

Als sie auf ihn zutraten, hob der alte Mann den Kopf. Gleichzeitig fasste er sich an den Magen, sprang auf und lief auf wackeligen Beinen auf einen Mülleimer zu. Steven und Ryan blieben stehen und ließen den armen Mann über dem Eimer hängen.

»Verdammt, warum habe ich nur so viel gefrühstückt?«, schimpfend richtete der Mann sich auf und wischte mit einem fleckigen Taschentuch über seinen Mund. Mit der anderen Hand strich er eine fettige Haarsträhne über die Glatze.

»Carl Henderson?« Steven kam näher, aber Ryan hielt Abstand zu dem spuckenden Mann.

»Wer will das wissen?«, knurrte der Hausmeister.

»Detective Steven Colby, mein Partner, Detective Ryan O'Sullivan. Sie haben die Tote gefunden?«

»Das habe ich doch alles bereits erzählt.« Wütend knüllte er das Taschentuch zusammen.

»Tut mir leid, bitte erzählen Sie es uns noch einmal.« Steven hielt dem armen Mann ein frisches Papiertaschentuch hin. Dieser zwängte ein »Danke« über die Lippen.

»Ich bin heute Morgen zur Schule gekommen wie jeden Tag. Die Bälger hinterlassen immer eine Riesensauerei über Nacht, speziell vor einem freien Tag. Die feiern Partys und ich muss dann den Dreck entsorgen.«

»Und heute genauso?« Steven lächelte den Mann aufmunternd an. Er erinnerte sich nur zu gut an solche Partys.

»Ja, verdammt! Überall lag der Müll rum. Und als ich in den Park kam, um alles aufzusammeln, da habe ich sie hängen sehen«, wetterte er.

»Haben Sie etwas angefasst?«

Der Hausmeister funkelte Steven an. »Ich bin doch nicht bescheuert. Ich weiß doch aus dem Fernsehen, dass man nichts anfassen soll.«

Plötzlich stutzte er, kniff die Augen zusammen. »Kenne ich Sie nicht?« Der alte Mann runzelte die Stirn. »Aber ja, Sie waren einer aus diesem verdammten Footballteam. Ich kann mich noch genau erinnern. Sie haben mich einiges an Nerven gekostet.«

Steven lächelte schief und versuchte den Mann abzulenken.

»Haben Sie sonst jemanden auf dem Gelände gesehen?«

»Niemanden. Heute ist schulfrei, darum war ich erst später hier.«

»Haben Sie die Frau schon mal gesehen? Arbeitete sie hier an der Schule?«

»Kenne ich nicht«, brummte er, »hier gehört sie auf jeden Fall nicht hin.«

»Alles klar, vielen Dank.« Steven reichte dem Mann eine Visitenkarte. »Wenn Ihnen noch etwas einfällt, rufen Sie mich an.«

Der Hausmeister legte den Kopf schief. »Dass Sie Polizist werden, hätte ich nie gedacht.«

Steven drehte sich um, sah in das grinsende Gesicht seines Partners und verdrehte die Augen. Auf dem Weg zurück zum Tatort, neckte ihn sein Kumpel. »Ach, du scheinst ja ein ganz Schlimmer gewesen zu sein. Nach so vielen Jahren immer noch nicht vergessen. Komm schon, erzähl.«

»Ach, halt die Klappe, das ist ewig her und nicht mehr wichtig«, grinste Steven.

Die Gerichtsmedizinerin kam ihnen entgegen. »Ich bin hier fertig. Ich rufe Sie an, wenn ich mit der Autopsie beginne. Wird aber erst morgen sein. Ich habe einiges auf dem Tisch.«

Ryan zuckte zusammen. Steven grinste wissend, dieser Teil der Arbeit war gar nicht nach dem Geschmack seines Partners.

»Ich weiß, Sie haben viel zu tun, Doc, aber wir brauchen die Ergebnisse so schnell wie möglich, ich habe ein ganz mieses Gefühl bei der Sache.«

»Ich teile das, Steven. Die Arme musste furchtbare Schmerzen erleiden.«

Montag, 25. April, 13:30 Uhr

Langsam lenkte Steven den Jeep durch die Menge der Gaffer und scherte in den flüssigen Verkehr der Mission Avenue ein. Das Summen seines Handys in der Halterung am Armaturenbrett riss ihn aus den Gedanken.

»Trish. Ist das dein Ernst?« Ungläubig schaute Ryan vom Display zu Steven. »Ich dachte, du hättest ihr klargemacht, dass sie dich in Ruhe lassen soll.«

Steven drückte den Anruf weg. »Habe ich. Sie scheint in Schwierigkeiten zu sein.« Wieder ertönte das Summen, auch diesmal ignorierte er es.

»Wann ist diese Furie nicht in Schwierigkeiten? Hör mal, du hast keine Verpflichtung ihr gegenüber. Ihr seid schon lange getrennt und wenn sie nicht klarkommt, kann das nicht dein Problem sein. Das grenzt ja an Belästigung!«

»Trish hat es eben nicht leicht, ihr Leben auf die Reihe zu kriegen. Du kennst sie ja«, beschwichtigte Steven seinen Partner.

»Eben, und darum weiß ich auch, dass sie nicht aufhören wird. Und weißt du, es gibt eine praktische Funktion auf dem Telefon, wo man Anrufer sperren kann. Solltest du unbedingt versuchen.«

Steven hielt am Straßenrand vor *Luke's Take Away*, dem besten Sandwichladen an der Westküste.

»Komm, lassen wir das Thema und holen uns was zu essen. Es wird ein langer Tag.« Er stellte den Wagen ab, nahm das Telefon und stieg aus. Mit zügigen Schritten liefen sie auf den Eingang zu.

Sie betraten den Laden und eine unglaubliche Mischung aus verschiedenen kulinarischen Gerüchen ließ ihnen das Wasser im Munde zusammenlaufen. Wäre der Duft nicht so verlockend, man würde den Laden fluchtartig verlassen, sobald man die etwas eigenwillige Innenausstattung sah. Ein Sammelsurium von Abscheulichkeiten schmückten die grasgrünen Wände. Holzmasken, die jedem Kleinkind grässliche Albträume bescherten. Ölbilder mit röhrenden Hirschen und kitschigen Wasserfällen. Gar nicht zu reden von den furchtbaren, unechten Pflanzen, die überall im Raum verteilt waren.

»Willkommen zurück, schon lange nicht mehr gesehen.« Luke Fabiani strahlte ihnen entgegen. Sein gewaltiger Körper wogte um die Theke und zwei fleischige Hände fielen den Detectives auf die Schultern. »Ihr seht ja gar nicht gut aus. Ihr braucht wohl dringend Lukes Geheimwaffe. Sandwiches mit Hackfleischbällchen und Käse?«

»Du kennst uns einfach zu gut, mein Freund«, meinte Steven grinsend und schritt auf die Theke zu. »Du weißt, wir können deinen Kochkünsten nicht widerstehen.«

»Wenn ihr ein paar Minuten wartet, bereite ich euch frische zu.« Flugs standen zwei Tassen auf dem Tresen und Luke schenkte ihnen Kaffee ein. »Geht fix, genießt das Gebräu.«

Sie trugen alles zu einem der runden Stehtische.

Steven griff nach seinem Handy. »Du rufst jetzt nicht Trish an?«, fragte Ryan kopfschüttelnd.

»Beruhige dich, ich rufe die Vermisstenstelle an, vielleicht haben die schon was«, beruhigte ihn Steven. Fragend sah Ryan seinen Partner an, als dieser das Telefonat beendete.

»Nichts. Es gibt keine vermisste Person, auf die unsere Beschreibung passt.«

»Das wäre ja zu schön gewesen.« Ryan nippte an dem heißen Kaffee. Gedankenversunken warteten sie auf ihr Essen.

»Übrigens, wie sieht es mit der Wohnungssuche aus?«

Steven steckte sein Handy ein. »Zieht sich hin. Bezahlbare Wohnungen sind rar. Und es soll ja kein renovierungsbedürftiges Haus sein, sonst sitze ich bald erneut auf der Straße.«

»Verstehe ich«, meinte Ryan. »Schade, dass Mick das Boot verkaufen will, ein Hausboot im Yachthafen, so was findest du nicht noch einmal.« Seit vor zwei Jahren das Haus, in dem Steven gewohnt hatte, abgerissen worden war, hatte er sich auf dem Boot eines Freundes einquartiert. Anfangs sollte es nur eine Übergangslösung sein, aber das schwimmende Heim war gemütlich und gut gelegen. Und perfekt für ihn allein. Nun jedoch musste er sich dringend etwas Neues suchen.

»Ich habe noch ein paar Wochen Zeit, sonst quartiere ich mich bei dir ein«, grinste Steven.

»Um Himmels willen, bloß nicht«, rief sein Freund. In diesem Moment kam Luke mit dem Essen zurück.

»Hier, Jungs, frisch zubereitet und gut verpackt. Genießt sie.«

»Vielen Dank, Luke, du bist der Beste. Ohne dich würden wir elendig verhungern«, schmeichelte Ryan.

»Gerne, ich weiß doch, wie viel ihr arbeitet. Kommt jederzeit vorbei, für euch habe ich immer geöffnet.«

✳

Chief Abott stand ungeduldig im Großraumbüro, als die beiden Detectives eintraten.

»Habe ich Ihnen nicht eine andere Aufgabe gegeben?«, warf sie Steven kopfschüttelnd entgegen. »Sie lernen wohl nie, sich an Anweisungen zu halten.«

»Tut mir leid, Chief. Aber wir haben einen Fall und den lösen wir nicht vom Schreibtisch aus.«

Resigniert stieß sie den Atem aus. »Also gut, und wie sieht es aus?«

Steven ließ sich auf seinen Stuhl fallen. »Ein Albtraum. Die Tote sieht genauso aus wie die Puppe, die wir heute früh bekommen haben.«

»Was für eine Puppe?«, fragte seine Chefin nach.

»Stimmt, das wissen Sie ja noch gar nicht. Ich habe ein Paket erhalten. Ryan hat es geöffnet und darin lag dies.« Vorsichtig nahm es Diana Abott entgegen.

»Ach du meine Güte, was ist denn das?«, rief sie aus und starrte mit Abscheu, auf die etwa zwanzig Zentimeter große Voodoopuppe. Von Hand zusammengenäht und unbekleidet. Die dunklen Locken und das Foto des Gesichtes gaben ihr ein unheimliches Aussehen. Über den ganzen Körper verteilt steckten farbige Nadeln. »Genauso sieht unsere unbekannte Tote aus. Übersät mit den Dingern und im Herz steckt eine große mit einer Rose und in beiden Brustwarzen je eine etwas kleinere.«

Chief Abott schauderte kaum merklich und schaute Steven durchdringend an. »Wissen Sie schon, wer sie ist?«

»Nein. Die Frau war nackt und Ethan hat keine Kleider oder andere Dinge gefunden, die man ihr zuweisen könnte. Zeitpunkt des Todes, ungefähr dreiundzwanzig Uhr gestern Nacht.«

»Vergewaltigung?«

»Sieht so aus, aber definitiv kann man das erst nach der

Autopsie sagen.« Steven zögerte. »Chief, ich habe ein ganz mieses Gefühl. Die Puppe, das Vorgehen und die Brutalität dieser Tat. Wir brauchen Verstärkung, ich denke, er ist noch nicht fertig.«

»Ich sehe das genauso. Klären Sie mit Mani, dass sie so viele Officer wie nötig für die Laufarbeit bekommen. Bei Bedarf können Sie auf Marc und Helen zurückgreifen.«

»Danke, Chief. Wir werden alle Hilfe brauchen, die wir kriegen können.«

*

»Wir sollten die Vorgehensweise in VICAP eintragen, vielleicht gibt es einen Treffer«, sagte Steven, als sie zurück an ihre Schreibtische kamen. Das Violent Criminal Apprehension Programm des FBI, verband Dienststellen im ganzen Land, um Tathergänge auf vergleichbare Muster zu überprüfen.

Ryan seufzte. »Kannst du die Eingabe übernehmen? Das dauert immer so verdammt lange. Du weißt, ich habe noch ein Date nachher.«

»Hau schon ab und lass dich nicht abschleppen.«

»Alles klar, danke, Compadre. Aber du solltest auch zurück in den Ring steigen. Ist ja schon 'ne Weile her seit dem letzten Mal. Vergiss Trish, nicht alle Frauen sind wie sie.«

»Jaja, nun verzieh dich schon. Nicht, dass deine Eroberung zu lange warten muss.«

Zurück an seinem Schreibtisch stapelte er die alten Akten kurzentschlossen zusammen und legte sie auf den Boden.

Mit einem Seufzer startete Steven VICAP, die Arbeit gestaltete sich mühsam, hatte aber schon viel dazu beigetragen, dass Verbrecher überführt werden konnten.

Gefühlte Stunden später, schaltete er müde den PC aus. Er seufzte auf, als sein Telefon klingelte. Zögernd nahm er den Hörer ab. »Steven Colby.«

Ein Schwall hastiger Worte stürzte auf ihn ein. »Steven, wann kommst du bei uns vorbei? Ich weiß von Jenny, dass du zurück bist. Du findest es ja nicht nötig, dich zu melden.« Er stöhnte leise. Seine Mutter hatte er völlig vergessen.

»Hi, Mom. Tut mir leid, wir haben einen ziemlich hässlichen Fall, da habe ich nicht mehr daran gedacht.«

»Ach, du hast doch immer irgendeinen Fall. Kommst du noch vorbei?«

»Heute nicht, Mom, aber ich versuche es morgen, okay?«, versprach er.

»Schon gut. Und vergiss es nicht. Dein Vater würde sich auch freuen.«

»Alles klar, bis morgen dann, Mom.«

Steven drückte das Gespräch weg. Schlagartig überfiel ihn eine bleierne Müdigkeit. Er stand auf, schaltete seine Schreibtischlampe aus und verließ das Büro.

Ungeduldig riss er die Perücke vom Kopf und zog die dicke Brille ab. Mit den Fingern fuhr sich der Mann durch die Haare, die unangenehm am Kopf klebten. Der Arbeit der Polizei zuzusehen, versetzte ihn jedes Mal in Euphorie. Die Aufregung, direkt vor Ort zu sein, dem Geschehen so nah, war immens. Er lächelte, bei der Erinnerung an den Gesichtsausdruck des blonden Polizisten, als er mit seinem Partner vom Fundort zurückgekommen war.

Auch hier in San Rafael tappten sie im Dunkeln.

Seine Arbeit war perfekt, niemand würde ihn je überführen können. Er beging keine Fehler. Niemals!

Bereits sein erster Mord war fehlerfrei über die Bühne gegangen, obwohl er diesen nicht geplant hatte.

Er kam nach Hause zurück und betrat die Küche durch die Hintertür. »Mom, bist du da? Ich habe dir etwas mitgebracht«, rief er fröhlich, die Lieblingsblumen seiner Mutter in der Hand.

Keine Antwort.

Verunsichert sah er sich in der Küche um, niemand da. Langsam ging er weiter. Ein metallischer Geruch stieg ihm in die Nase. Panik überkam ihn und sein Herz hämmerte in der Brust, als er ins Wohnzimmer trat. Ein Schrei entwich seiner Kehle und die roten Rosen fielen zu Boden. Mutter lag direkt neben der Tür in einer Blutlache, die Augen offen und leer. Ihr schönes Gesicht von Schlägen entstellt. Schwankend hielt er sich am Türrahmen fest. »Mom«, schluchzte er und sank auf die Knie. Zärtlich strich er ihr über die zerschmetterte Wange. »Mom? Bitte wach auf.«

Wimmernd riss er den Blick von seiner Mutter los und sah zu seinem Vater, der sturzbetrunken in einem Sessel saß und schlief, den blutverschmierten Baseballschläger noch in der Hand. Entsetzt starrte er wieder auf die Blutlache unter dem Kopf seiner Mutter. Völlig versteinert wiegte er sich hin und her.

Ein lautes Schnarchen riss ihn aus der Trance. Mit zitternden Beinen stakste er auf den Sessel zu, fixiert auf diesen Teufel, der ihnen das Leben zur Hölle gemacht hatte. Die täglichen Schläge, wenn er besoffen nach Hause kam. Die Schreie und das Schluchzen seiner Mutter aus dem Schlafzimmer, wenn sein Erzeuger das mit Gewalt nahm, was sie ihm verweigerte. Mit einem Aufschrei riss er den Schlafenden brutal aus dem Stuhl und ließ ihn auf den Boden gleiten. Der Betrunkene brabbelte nur, wachte aber nicht auf. Wie in Trance torkelte der Junge in die Küche, holte ein großes Küchenmesser, ging zurück und kniete sich auf den Teppich. Tränen liefen ihm über die Wangen, die Schmerzen und Qualen der letzten Jahre überfluteten ihn, als er den Arm hob. »Du verdammter Bastard!«, schrie er und rammte ihm das Messer bis zum Heft in die Brust. Röchelnd tastete sein Vater nach dem Griff, öffnete die Augen und sah seinen Sohn flehend an.

»Das ist für Mom«, zischte der Junge und blickte den sterbenden Mann mit kalten Augen an.

Noch einige Zeit saß er regungslos auf dem Boden, bevor er die Notrufnummer wählte. Da die Polizei schon mehrmals wegen häuslicher Gewalt hatte ausrücken müssen, hatte man ihm die Geschichte mit der Notwehr geglaubt. Und da er fast achtzehn war und einen Job hatte, verzichtete die Polizei darauf, das Jugendamt zu informieren.

Schon damals war er damit durchgekommen.

Aber vor Steven Colby musste er sich in Acht nehmen.

Dieser Typ Mann gab nicht so schnell auf, verbiss sich wie eine Bulldogge. »Vielleicht hätte ich mir doch jemand anders für die Zustellung der Puppe aussuchen sollen«, murmelte er. Er durfte diesen Detective auf keinen Fall unterschätzen.

Unruhig fing er an, im Raum hin und her zu laufen. Die vertraute Rastlosigkeit nach einem Mord überfiel ihn.

Der alte Fußboden knarrte unter seinen Schritten. Er warf sich auf das durchgelegene braune Sofa und starrte auf die nackten Füße. Langsam hob er den Kopf und betrachtete die unzähligen Bilder aus New York und Chicago an der Wand – alle zeigten dasselbe Motiv. Seine große Liebe.

»Bald bist du bei mir und brauchst keine Angst mehr zu haben. Es hat lange gedauert, aber ich habe dich endlich gefunden. Gedulde dich ein wenig, bald kommt deine Zeit.«

Lächelnd stand er auf und schlenderte auf den zerkratzten Küchentisch zu. Er setzte sich auf einen der roten Plastikstühle und betrachtete die filigranen Blüten aus Silber. *Rosen.* »Es gibt nichts, was perfekter ist. Keine Blume hat mehr Reinheit und Liebe. Und meine Schöne hat nur das Beste verdient wie Mutter damals.« Versonnen strich er über die kleine Blüte und legte sie behutsam zurück.

Der Mann zog Handschuhe an und streifte die Schutzbrille über die Augen. Vorsichtig lötete er eine der silbernen Rosen auf den dicken Metallstift.

Dieses Vorgehen wiederholte er mit den zwei Kleineren. Zufrieden mit seiner Arbeit legte er alle auf ein Tuch neben die unzähligen anderen Nadeln mit farbigen Köpfen, stand auf und ging in Richtung Anrichte. Sachte nahm der Mann einen Stapel Fotos, ging zurück zum Küchentisch und breitete sie aus. Jede Aufnahme zeigte eine andere hübsche Frau mit dunkelgelockten Haaren. Sie lachten fröhlich und völlig unbeschwert, nichts ahnend, dass sie im Fokus eines Mörders standen.

Eine Mücke summte um seinen Kopf und riss ihn aus den Gedanken. Zurück in der Gegenwart schüttelte er den Kopf und verscheuchte das Insekt mit einer Handbewegung. Es gab nur einen Weg, um Ruhe zu finden. Kritisch fuhren seine Finger über die verschiedenen Bilder. »Welche von euch darf als Nächstes zu mir kommen?«, flüsterte er den Fotos zu. Beim Gedanken daran was er mit der Frau anstellen würde, schwoll sein Schwanz an, gedankenverloren rieb er sich den Schritt.

»Komm, zeig mir, wer die Glückliche sein wird.« Voller Lust öffnete er die Hose und streifte sie herunter. Mit langsamen Bewegungen versuchte er, der Erregung Herr zu werden. Keuchend schaute er auf die Fotos und seine Hand wurde schneller. »Also, wer von euch soll die Nächste sein?« Er steuerte auf den Höhepunkt zu. Ein letztes Mal keuchte er auf und lächelnd sah er auf das samenverspritzte Foto.

Kapitel 3

Steven schrak aus einem unruhigen Schlaf auf. Im ersten Moment orientierungslos, entdeckte er die Deckenlampe seines Schlafzimmers. Es war sein Schrei, der ihn geweckt hatte.

Er fuhr sich mit den Händen über die Augen in der Hoffnung, die Bilder der toten Kinder wegwischen zu können. Nacht für Nacht verfolgten sie ihn, rissen ihn aus einem gequälten Schlaf. Kraftlos fiel er auf das Kissen zurück, starrte zur Decke seiner Koje. Auf dem Revier hatte man tatkräftig für die überlebenden Kinder und ihre Familien gesammelt und andere Dienststellen hatten sich angeschlossen. So war dafür gesorgt, dass die Mädchen die psychologische Betreuung bekamen, die sie benötigten. Steven erkundigte sich regelmäßig bei den Eltern und hoffte, dass er sie eines Tages besuchen konnte.

Seine Augenlider wurden erneut schwer, mit Mühe versuchte er, sie offen zu halten. Vergeblich. Die tote Frau gesellte sich zu den Kindern. Abermals schreckte er hoch und mit einem tiefen Seufzer stieg er aus dem Bett.

Die Arbeit würde ihn ablenken. Das hatte er ganz dringend nötig.

*

Eine Stunde später betrat Steven das Revier. Ryan saß bereits an seinem Schreibtisch, vertieft in eine Akte.

»Wow, du bist schon da. War das Date so toll, dass du gar nicht zum Schlafen gekommen bist?«

»Sehr witzig. Die liebe Dame hat mich versetzt«, knurrte Ryan.

»Was? Dich? Das kann nicht sein«, lachte Steven und ließ sich vor dem Computer nieder. »Hat ihr dein Charme nicht gefallen?«

»Hey, das ist absolut nicht lustig. Ich habe zwei Stunden dort gewartet wie ein Depp.«

»Zwei Stunden? Das nenne ich mal einen Rekord«, witzelte Steven.

»Glaub mir, das war das letzte Mal. Ich schwöre der Frauenwelt ab.«

»Natürlich, sag Bescheid, wenn ich dir einen Platz im Kloster buchen soll.« Steven sah lachend zu seinem Partner, der eine Büroklammer malträtierte.

»Sag mal, was ist denn in der Schachtel, sind das Donuts?« Ryan versuchte, danach zu greifen.

»Hey, Finger weg. Die sind für die Besprechung nachher.«

»Ach komm, nur einen. Ich hatte keine Zeit für das Frühstück. Und wenn Ethan kommt, sind die Dinger nicht mehr sicher.«

Seufzend hielt Steven ihm die Schachtel hin und Ryan griff sich einen mit Schokoglasur.

»Hm, du rettest mir das Leben.« Genussvoll biss er in das köstliche Gebäck und schielte bereits ein weiteres Mal auf den Karton.

Steven brachte die Schachtel in Sicherheit, bevor sein verfressener Partner noch mal zugreifen konnte.

Die beiden verließen das Büro in Richtung Konferenzraum, wo Steven am gestrigen Abend die Fotos von der Spurensicherung an die Glaswände gehängt hatte. Sie traten in den Raum und der Anblick der vollgeklebten Wand, holte sie schnell zurück in die Realität. Die Bilder zeigten jedes schreckliche Detail in Nahaufnahme. Solche Fotos gingen auch den hartgesottensten Polizisten an die Nieren.

Die beiden drehten sich um, als Ethan Jackson den Raum betrat, auch heute wieder mit einem der berüchtigten Hawaiihemden. Zielgenau trat dieser direkt an den Tisch und sicherte sich ein Stück des süßen Gebäcks.

»Siehst du, ich habe es doch gesagt«, rief Ryan und warf seine Hände in die Luft.

Verständnislos sah Ethan die beiden an. »Habe ich irgendetwas verpasst?«

»Die Donuts …«

»Guten Morgen«, ertönte die Stimme des Chiefs, »gibt es ein Problem?« Ihr Blick blieb bei Ryan stehen.

»Kein Problem, Chief.«

»Dann ist ja gut.« Sie sah in die kleine Runde. »Kommt Dr. Lang vorbei?«

Steven reagierte sofort. »Bis jetzt gibt es keine neuen Erkenntnisse. Wir sehen sie bei der Autopsie.« Chief Abott nickte ihm zu. »Gut, dann informieren Sie mich von Anfang an.«

Steven setzte sich zu den anderen an den Tisch. »Gestern wurde um zehn Uhr morgens an der San-Rafael-Highschool eine weibliche Leiche gefunden. An den Händen aufgehängt am Ast eines Baumes, die Beine überkreuzt. Bauch und Gesäß übersät mit Nadeln, die ihr in den Körper gestoßen worden sind. Erwähnen sollte ich noch, dass ich gestern ein Paket erhalten habe. Als Ryan es öffnete, lag darin eine Puppe mit unzähligen Nadeln gespickt. Das ist das, was wir im Moment wissen.«

Der Chief nickte. »Ryan, haben Sie etwas hinzuzufügen?«

»Nur, dass die Puppe genauso aussieht wie die Tote.«

»Wir wissen das mit den Nadeln«, erwiderte Ethan.

»Das meine ich nicht. Sie hat dunkle, lockige Haare und das Foto zeigt dasselbe Gesicht.« Alle sahen auf die Wand, wo die entsprechenden Fotos hingen.

»Du meinst, sie kommt direkt vom Mörder?« Ethan schaute zweifelnd in die Runde.

»Genau das will ich damit sagen. Er hat uns die Leiche angekündigt«, bestätigte Steven.

Chief Abott zog die Augenbrauen zusammen. »Das ist gar nicht gut. Warum hat er die Puppe an Sie geschickt?«

»Keine Ahnung. Vielleicht hat er meinen Namen in der Zeitung gelesen, es gab ja genügend Artikel nach der Sache mit den Mädchen. Ich weiß es nicht«, bedauernd hob er die Schultern.

»Ethan, was haben Sie für uns?«

»Leider nicht viel, Chief. Der Fundort war definitiv nicht der Tatort. Wir haben, außer an der Toten, nirgendwo Blut entdeckt, obwohl sie von den Stichen her nicht viel, aber eben doch, Blut verloren hat. Auch sonst haben wir nichts gefunden. Das Schulgelände ist ein Albtraum, da liegt so viel rum, wir werden Tage brauchen, um das alles zu sortieren.« Ethan räusperte sich und fuhr fort. »Es gibt keine Anhaltspunkte, womit wir die Frau identifizieren könnten. Wir werden ihre Fingerabdrücke durch die Datenbank jagen und hoffen, dass sie registriert sind. Zahnabdrücke nutzen nur, wenn wir einen Treffer in der Vermisstendatenbank zum Vergleich haben.«

Ethan blätterte in seinen Notizen. »Was den Täter betrifft, so muss er über enorme Kräfte verfügen, ein toter Körper hat ein beachtliches Gewicht.«

Steven runzelte die Stirn. »Eine Frau kommt daher nicht infrage?«

»Man kann natürlich nichts ausschließen«, führte Ethan an, »aber um eine tote Frau an einem Ast aufzuhängen, braucht man unheimlich viel Kraft. Ob das eine Frau schafft, wage ich zu bezweifeln.«

»Zudem haben wir eine mögliche Vergewaltigung«, schob Ryan nach.

Chief Abott nickte ihm zu.

»Ryan, haben Sie schon etwas von der Vermisstenabteilung gehört?« Der Detective schüttelte bedauernd den Kopf.

»Was können wir sonst noch unternehmen?«, sprach Chief Abott Steven direkt an.

»Das Vorgehen ist sehr speziell. Etwas Derartiges habe ich bis jetzt nie gesehen. Daher habe ich gestern alle Informationen, die wir haben, in VICAP eingegeben, mit den Nadeln als verbindendes Element. Ich denke, es könnte sich lohnen. Ansonsten, solange wir sie nicht identifiziert haben …«, er zuckte mit den Schultern.

»Gut, jemand etwas hinzuzufügen? Nein? Alles klar, die Leitung hat offiziell Steven.« Chief Abott stand auf und schritt zur Tür. Beim Öffnen der Tür hielt sie kurz inne.

»Steven?«

»Chief.«

»Koordinieren Sie mit der Streife die Befragung der Umgebung. Es gibt ja einige Wohnhäuser an der Straße gleich gegenüber der Schule. Vielleicht hat jemand etwas gesehen.«

»Das habe ich mit Mani geregelt. Sie haben bereits damit begonnen.«

Zufrieden nickte sie. »Sehen Sie zu, dass Sie Resultate erzielen, der Bürgermeister und die Presse sitzen mir schon im Nacken«, ein scharfer Blick traf Steven. »Bringen Sie mir etwas, das ich denen hinwerfen kann, sonst ist hier bald die Hölle los.«

»Scheiße! Warum müssen wir bei den Autopsien dabei sein, das kann Doc Lang doch ganz gut alleine.« Ryan schauderte beim Gedanken an die Gerichtsmedizin.

»Ach komm, das schaffst du locker. Ist ja nicht die Erste, die du überstanden hast.« Das Gebäude am Los Gamos Drive kam für Ryans Geschmack viel zu schnell näher. Mit einem tiefen Seufzer ergab er sich seinem Schicksal. Steven stellte den Wagen ab und stieg aus.

»Hey, du Schlafmütze, jetzt komm endlich, wir haben nicht den ganzen Tag Zeit.«

»Hetz doch nicht so. Ich bin ja schon da«, murrte Ryan.

Sie betraten das Gebäude und fuhren mit dem Lift ins Untergeschoss.

Kaum waren die Aufzugtüren offen, stieg ihnen der typische Geruch nach Krankenhaus in die Nase, gemischt mit dem süßlichen Geschmack der Verwesung. Die Detectives liefen den trostlosen Gang hinunter, der in einem trüben Hellgrün gestrichen war. Als wäre der Ort hier nicht schon deprimierend genug. Beide zogen Kittel und Mundschutz über, die vor der Tür des Sektionssaales lagen. Mit Widerwillen drückte Ryan den Türöffner und die Schiebetüren glitten geräuschlos zur Seite. Der unangenehme Geruch des Todes schlug ihnen entgegen und automatisch atmeten sie flach durch den Mund. Doktor Amanda Lang stand am Seziertisch und sprach leise in ein Mikrofon, das von der Decke hing.

»Guten Morgen, Doc.« Die zwei traten heran und schauten auf den bleichen und nackten Körper des Opfers. Grotesk stachen die farbigen Nadelköpfe von der gräulichen Haut ab.

»Detectives, guten Morgen. Ich habe bereits einige der Nadeln herausgezogen. Wie Sie sehen können, sind es eine ganze Menge – zwanzig Stück von den Farbigen genaugenommen. Diese sind zwölf Zentimeter lang und drei Millimeter dick. Die größte Nadel misst im Durchmesser sieben Millimeter und ist dreißig Zentimeter lang. Die beiden in den Brustwarzen ungefähr die Hälfte. An den Verletzungen ist Blut ausgetreten, daher können wir davon ausgehen, dass sie gelebt hat, als er sie ihr in den Körper gestochen hat.«

Ryan zog scharf die Luft ein und legte eine Hand auf die Brust.

»Ich habe noch mehr für Sie. Die Nadeln wurden erhitzt, das Fleisch im Wundkanal ist richtiggehend verschmort und voller Ruß. Ich denke, er hat sie mit einem Bunsenbrenner glühend gemacht.« Den beiden lief eine Gänsehaut über den Rücken.

»Erhitzt?«, fragte Steven nach. »Warum sollte er so was tun?«

»Um den Schmerz maximal zu verstärken, vielleicht. Genau kann ich es nicht sagen«, bedauernd hob Amanda die Schultern.

»Wurde sie vergewaltigt?«, wollte Steven wissen.

»Wie es aussieht, sogar mehrmals. Es gibt zahlreiche Verletzungen innen an den Oberschenkeln und auch in der Vagina. Leider habe ich keine Körperflüssigkeiten gefunden.«

Ryan seufzte.

Unbeirrt fuhr die Ärztin fort. »Zudem hat sie Abschürfungen und Blutergüsse an den Knöcheln und den Handgelenken. Auch am Becken-, Bauch- und Schulterbereich.«

»Fesselspuren?«, entgegnete Steven.

»Es sieht so aus. Die Wundmale lassen darauf schließen, dass sie sich heftig gewehrt hat.« Sie strich mit dem Finger über die Wange der Toten. »Sehen Sie hier«, sie zeigte auf den Hals. »Sie meinen die roten Flecken?«, bemerkte Ryan.

»Korrekt. Das sieht aus wie von einem Elektroschocker.« Amanda griff nach dem Skalpell und setzte es am rechten Schlüsselbein an. Ryan schluckte und trat einen Schritt vom Tisch weg.

In diesem Moment klingelte sein Handy. Amanda zog verärgert das Skalpell von der Haut und sah ihn an. Sichtlich erleichtert floh er in eine Ecke, nahm den Anruf entgegen und kritzelte etwas in den Notizblock. Ryan trat an den Tisch zurück und Amanda und Steven schauten ihn fragend an.

»Die Vermisstenabteilung. Es gibt eine Meldung, die auf unsere Beschreibung zutrifft. Sie schicken die Infos gleich per Mail, die Adresse des Melders habe ich bereits aufgenommen.« Er wandte sich zu Doc Lang um. »Sie wissen, wie gerne wir hier bei Ihnen sind, aber wir sollten uns gleich darum kümmern. Steven kommst du?«

Dieser zuckte die Achseln. »Tut mir leid, Doc. Melden Sie sich bei uns, wenn es etwas Neues gibt. Und vielen Dank Amanda, dass Sie das vorziehen.«

Die Ärztin nickte ihnen zu. »Gern geschehen, ich hoffe, Sie finden das Schwein, bevor noch jemand so etwas erdulden muss.«

*

Schnell verließen sie die Gerichtsmedizin, stiegen in den Wagen und fuhren auf die Straße in Richtung Innenstadt.

»Was wissen wir über die Vermisste?«, fragte Steven.

Ryan startete sein Tablet und ließ sich die Informationen direkt anzeigen.

»Sie heißt Melanie Scott, fünfunddreißig Jahre alt und ledig. Sie arbeitet im *Mission Gesundheitszentrum* als Krankenschwester. Ihr Chef hat sie als vermisst gemeldet, als sie gestern nicht zu ihrer Schicht erschien.« Ryan rief ein Foto auf.

»Diese Melanie sieht auf jeden Fall unserem Opfer auffällig ähnlich, das Foto ist leider nicht sehr gut. Ob wir sie gefunden haben?«

»Wir werden es gleich erfahren.« Steven stellte sein Auto vor dem Gesundheitszentrum, im Parkverbot ab, platzierte das Blaulicht auf dem Dach und stieg aus.

Er stieß die Glastür auf, die sie direkt in einen Warteraum brachte. Etwa ein Dutzend Leute saßen auf den unbequemen, grünen Plastikstühlen und warteten, bis sie an der Reihe waren. Ein kleiner Junge flitzte durch die Gänge und die missmutige Mutter rief ihn zur Ruhe. Steven lief auf den Empfang zu. Hinter dem Tresen stand eine ältere Frau in Schwesterntracht.

»Guten Morgen. Wir würden …«

»Füllen Sie das aus und setzen Sie sich hin, bis Sie aufgerufen werden.« Unfreundlich wurde ihm ein Klemmbrett vor die Nase gehalten. Die ältere Frau sah ihn nicht an und blätterte hektisch in irgendwelchen Papieren.

»Hören Sie, wir wollen nicht …«

Wieder ließ sie ihn nicht ausreden. Entnervt und müde sah sie ihn an. »Sie kommen dran, wenn Sie an der Reihe sind, wie alle anderen auch. Lassen Sie mich in Ruhe und setzen Sie sich hin«, schnauzte sie.

Steven nahm seine Marke und knallte sie auf die abgewetzte Platte des Tresens. »Polizei. Wir brauchen keine Behandlung, sondern wir möchten mit dem Verantwortlichen hier sprechen. Und zwar noch heute wenn es möglich ist.« Mit verkniffenen Lippen nahm die Schwester den Hörer in die Hand und drehte sich weg. Er konnte nicht verstehen, was sie sagte oder mit wem sie sprach. »Doktor Nichols wird gleich hier sein«, schoss sie ihm giftig entgegen.

»Vielen Dank.« Die Detectives schmunzelten und traten vom Empfang zurück. Keine Minute später kam ein Mann auf sie zu. Seine dicken kurzen Beine stampften über den Boden. Ein wenig außer Puste blieb er stehen.

»Doktor Max Nichols, wie kann ich Ihnen helfen?« Die angenehme und ruhige Stimme passte so gar nicht zu der äußeren Erscheinung des Mannes.

»Detective Colby, mein Partner Detective O'Sullivan, San Rafael Police. Doktor, Sie haben Melanie Scott als vermisst gemeldet?«

»Genau, haben Sie sie gefunden? Ist etwas passiert? Wie geht es ihr?« Steven hob eine Hand, um den Redefluss des Mannes zu stoppen.

»Können Sie mir sagen, warum Sie sie als vermisst gemeldet haben?«

»Sie hatte das Wochenende frei und ist gestern nicht zur Frühschicht gekommen. Ein Patient hat bei mir geklingelt, ich wohne gleich nebenan und die meisten unserer Stammpatienten wissen das. Als sie am Mittag nicht da war, habe ich versucht, sie anzurufen, aber sie ist nicht rangegangen. Melanie ist sehr zuverlässig, es passt nicht zu ihr, einfach wegzubleiben.«

»Wann haben Sie beschlossen, sie als vermisst zu melden? Sie hätte ja auch einfach bei einem Freund sein können.«

»Gestern Abend. Melanie würde nie weggehen, ohne dass sie es uns mitteilt. Da wussten wir, dass etwas nicht stimmt.«

»Wer ist *wir*?«, fragte Steven nach.

»Rita, eine unserer Krankenschwestern. Rita Snyder, sie ist mit Melanie befreundet.«

»Ist sie hier?«

»Im Moment nicht. Sie ist außer Haus, verteilt Medikamente. Wir liefern an Personen aus, die nicht mehr gut zu Fuß sind«, erklärte der Mann sichtlich stolz.

»Können Sie sich vorstellen, warum Miss Scott verschwunden sein könnte?«

»Überhaupt nicht. Sie lebt eher zurückgezogen. Ihre Eltern wohnen in einem kleinen Ort in Montana und sie sehen sich nicht oft. Außer Rita hat sie, soviel ich weiß, keine Freunde. Nun sagen Sie schon, was ist denn passiert, haben Sie sie gefunden?«

Steven blickte den Mann an. »In welchem Verhältnis stehen Sie zu Melanie Scott?« Diese Frage musste gestellt werden, obwohl er sich die zwei als Paar nicht vorstellen konnte.

»Sie arbeitet seit zwei Jahren hier in der Klinik. Melanie ist wie eine Tochter für mich.« Steven zog fragend eine Augenbraue nach oben.

»Meine Frau und ich haben uns um sie gekümmert. Sie kennt ja niemanden hier in der Stadt. Und nun sagen Sie mir doch endlich, was mit Melanie los ist!« Nervös blickte er zwischen den zwei Detectives hin und her.

Ryan schluckte seinen Kloß im Hals runter. »Wir haben

an der Highschool eine tote Frau gefunden und gehen nun diversen Hinweisen, die zu ihrer Identifikation führen können, nach.«

»Oh mein Gott, ja, ich habe die Sirenen gehört. Ist es Melanie?«

»Das wissen wir noch nicht. Ich habe ein Foto, könnten Sie sich das ansehen?«, bat er den Mann.

Der Arzt nickte. Steven zeigte ihm ein Foto, welches er in der Gerichtsmedizin aufgenommen hatte.

»Oh mein Gott, ja das ist Melanie«, rief der Arzt geschockt und schlug eine Hand vor den Mund.

»Kein Zweifel?«

»Leider nicht, das ist sie. Mein Gott, was ist denn passiert?«

»Es handelt sich um ein Gewaltverbrechen, mehr kann ich Ihnen zum jetzigen Zeitpunkt nicht sagen.« Der Arzt wurde kalkweiß. »Aber wer sollte Melanie umbringen wollen? Das arme Mädchen hat doch niemandem etwas getan.« Steven nickte mitfühlend. »Eine Bitte Doktor, könnten Sie die Frau für uns offiziell identifizieren?«

»Natürlich, wenn es nötig ist, werde ich es tun«, er atmete tief ein.

Steven legte dem Mann die Hand auf die Schulter. »Ich weiß, das ist keine einfache Aufgabe. Vielen Dank für Ihre Hilfe. Jemand von der Gerichtsmedizin wird sich melden. Und bitte rufen Sie an, wenn Ihnen noch etwas in den Sinn kommt. Meine Handynummer steht hinten auf der Karte.« Wortlos nahm sie der Arzt entgegen.

Steven hielt inne und drehte sich noch einmal um. »Noch eine Frage: Wo hat sie gewohnt?«

»In einer kleinen Einliegerwohnung in der Treanor Street. Ich schreibe Ihnen die Adresse auf.«

»Danke, haben Sie einen Schlüssel zu ihrer Wohnung?«

»Leider nicht«, der Mann hob bedauernd die Schultern.

»Macht nichts, vielen Dank, wir melden uns bei Ihnen.«

*

Steven informierte den Chief beim Hinausgehen und fuhr dann direkt zur Adresse, die der Arzt notiert hatte. Diese lag tatsächlich nur wenige Minuten mit dem Auto von der Arbeitsstelle entfernt. Sie bogen in eine idyllische Wohnstraße mit viel Grün ab. Das Auto der Spurensicherung bremste direkt vor ihnen.

»Gepflegte Gegend, vielleicht ein wenig zu ruhig für meinen Geschmack.« Ryan betrachtete die Umgebung und bemerkte auf der anderen Straßenseite einen Vorhang, der sich bewegte. »Und ein wenig zu überwacht.«

»Na ja, neugierige Nachbarn können auch hilfreich sein«, meinte Steven und ging den Leuten von der Spurensicherung entgegen.

»Wie kommt Ihr denn so schnell hierher?«, begrüßte er die Truppe. Ethan verzog das Gesicht zu einer Grimasse. »Der Chief hat uns gleich Feuer gemacht, als die Info über die Vermisste reinkam. Und da fragt man nicht lange nach, sondern gibt Gas.« Er schaute zum Haus. »Ihr wart doch bei der Arbeitsstelle, habt ihr da einen Schlüssel bekommen?«

Steven zog bedauernd die Schultern hoch und schüttelte den Kopf. »Hoffen wir, dass der Vermieter zu Hause ist.«

Das ältere Einfamilienhaus sah gepflegt aus. Auf jeder der drei Stufen zur Veranda standen bunt bepflanzte Blumenkübel. Die Tür öffnete sich in dem Moment, als Steven einen Fuß auf den ersten Tritt setzte. Eine Frau mit weißen Haaren und einer blauen Kittelschürze trat aus dem Haus und sah sie fragend an. »Was machen Sie hier?«

Steven trat auf die Frau zu, die sofort einen Schritt zurücktrat.

»Detective Colby, guten Tag. Und Sie sind?« Die Frau nahm seinen Dienstausweis in die Hand und studierte ihn gründlich.

»Polizei? Ach du meine Güte.« Sie fasste sich an ihre Brust. »Was ist passiert? Oh, entschuldigen Sie, mein Name ist Rose Whitaker. Darf ich jetzt erfahren, warum Sie hier sind?«

»Mrs Whitaker, ich muss Ihnen leider mitteilen, dass Melanie Scott gestern tot aufgefunden worden ist.« Steven trat auf die Frau zu und stützte sie, als diese kreidebleich zu wanken anfing. Ein Hauch von Hühnerbrühe stieg ihm in die Nase, als er sie behutsam zu einem der Korbsessel auf der Veranda führte. »Hier, setzen Sie sich hin. Möchten Sie ein Glas Wasser?« Die ältere Frau sah ihn dankbar an und Ryan ging ins Haus. Kurz darauf kam er aus der Küche zurück, ein Glas in der Hand, welches er der Frau reichte.

»Hier trinken Sie einen Schluck.« Dankbar nahm sie das Glas mit zitternden Händen entgegen. Einige Tropfen gingen daneben, sie bemerkte es nicht.

Steven setzte sich auf den Stuhl neben sie. »Geht es Ihnen wieder besser?«

»Es geht schon, vielen Dank. Aber sagen Sie mir, was ist dem armen Kind denn passiert? Hatte sie einen Unfall?«

»Wir wissen leider noch nichts Genaues«, erwiderte er zurückhaltend. »Wir gehen aber davon aus, dass sie ermordet wurde.« Die alte Frau schnappte entsetzt nach Luft. »Ermordet, sagen Sie? Das kann doch nicht sein! Wer sollte ihr denn etwas so Furchtbares antun?« Verstohlen wischte sie die Tränen ab, die ihr über die Wangen liefen.

»Das versuchen wir herauszufinden, Mrs Whitaker. Haben Sie einen Schlüssel zur Wohnung von Melanie? Wir müssten uns dort umsehen.«

»Was? Ja, wir haben einen, für Notfälle. Bitte, können Sie ihn selbst holen, ich glaube, meine Beine tragen mich im Moment nicht. Er hängt am Schlüsselbrett im Flur. Der mit dem roten Band.«

Steven sah zu Ethan, der ungeduldig wartend unten an der Treppe stand. Dieser betrat das Haus und kam kurz darauf mit dem Schlüssel zurück. Er nickte kurz in Richtung der zwei Detectives und verschwand um die Ecke. Steven wandte sich wieder Mrs Whitaker zu.

»Kann ich Ihnen ein paar Fragen zumuten?«

»Natürlich, ich werde versuchen, so gut es geht zu helfen.« Sie zog ein Taschentuch aus der Kittelschürze und schnäuzte sich geräuschvoll.

»Wie lange wohnte Melanie Scott in Ihrem Haus?«

»Seit sie vor zwei Jahren nach San Rafael kam. Doktor Nichols ist unser Arzt und hat gefragt, ob wir ihr die Einliegerwohnung vermieten würden. Wissen Sie, seit mein Sohn in Kanada lebt, braucht er sie nicht mehr. Wir wollten sie aber nicht einfach an jemanden abgeben. Heutzutage kann man nicht vorsichtig genug sein.« Um Zustimmung heischend sah sie Steven und Ryan an. Beide nickten ihr aufmunternd zu.

»Doktor Nichols ist mit ihr bei uns vorbeigekommen, wir haben uns von Anfang an gut verstanden. Melanie ist so ein nettes und freundliches Mädchen. Ich kann nicht glauben, dass sie tot sein soll.« Leise schluchzte sie auf. Steven drückte der älteren Frau beruhigend die Hand.

»Gab es einen Freund?«

»Nicht, dass ich wüsste. Sie hat sehr zurückgezogen gelebt. Sie war eine fröhliche junge Frau, aber es schien, als hätte sie sich in der Stadt nicht wohlgefühlt. Sie müssen wissen, sie kommt aus einem kleinen Dorf in Montana.« Für einen Moment schloss sie die Lider. »Sie hat ihre Familie sehr vermisst.« Plötzlich riss sie die Augen auf. »Sind ihre Eltern informiert? Mein Gott, das werden sie nicht ertragen.«

»Der Sheriff vor Ort wird sie benachrichtigen und sehen, dass sie Unterstützung bekommen. Machen Sie sich keine Sorgen«, beruhigte er sie.

Dankend nickte sie ihm zu.

»Gab es denn niemanden, der sie hier besucht hat?«

»Doch, eine der Schwestern, ich glaube, sie heißt Rita, ist ab und zu vorbeigekommen. Aber sonst, nein, da war keiner.« Nervös zerknüllte sie das Taschentuch mit ihren Händen.

»Noch eine letzte Frage, dann lassen wir Sie in Ruhe. Haben Sie jemanden bemerkt, der nicht hierhergehört? Das Haus beobachtet hat?«

Mrs Whitaker runzelte die Stirn und schüttelte den Kopf. »Tut mir leid, ich habe nichts bemerkt.«

»Gut, wenn Ihnen oder Ihrem Mann noch etwas einfällt, rufen Sie mich jederzeit an.« Steven reichte ihr eine Karte. Sie nickte und nahm sie entgegen.

»Können wir jemanden anrufen, der bei Ihnen bleibt?«, fragte Steven besorgt.

»Mein Mann sollte jeden Moment zurück sein. Er wollte nur kurz in den Laden um die Ecke. Gehen Sie nur und finden Sie den Verbrecher, der das dem armen Mädchen angetan hat.«

»Gut, wenn etwas ist, wir sind unten in der Wohnung.« Steven drückte ihre eiskalte Hand und folgte Ryan die Treppe hinunter. Unsicher, ob sie die Frau wirklich alleine lassen konnten, schaute er zurück. Wie ein Häufchen Elend, saß die Frau im Sessel und schnäuzte sich.

Seufzend trat er um die Ecke zum Eingang der kleinen Einliegerwohnung. Gleich neben der Tür standen zwei Korbsessel und ein Tisch unter einem Vordach. Bunte Kissen lagen auf den Sesseln und luden zum Verweilen ein. Sie traten auf die Tür zu. Ein rotes Herz mit dem Wort »Willkommen« hing daran.

Aber Melanie Scott würde hier niemanden mehr willkommen heißen.

Beide zogen sich Handschuhe und Schuhschützer über, die vor der Tür deponiert waren. Steven trat in die Wohnung und ließ die Atmosphäre auf sich wirken.

Gleich links von der Tür lag eine kleine Küchenzeile. Die Schränke aus hellem Holz gaben dem Raum viel Wärme. Alles war sauber und aufgeräumt, kein dreckiges Geschirr stand in der Spüle. Am Kühlschrank hingen Kinderzeichnungen, die Szenen aus der Klinik zeigten.

Gleich angrenzend an die Küche lag das gemütliche Wohnzimmer. Steven betrachtete die Fotos mit den eindrucksvollen Landschaftsmotiven an den Wänden, im Regal daneben stand griffbereit ein Fotoapparat. Auf dem bequem aussehenden Sofa lagen bunte Kissen, und ein Flickenteppich in fröhlichen Farben schmückte den gepflegten Holzboden. Überall standen Blumen und Pflanzen. Steven nahm einen

Fotorahmen in die Hand, der auf einem Beistelltisch aus Holz neben dem Sofa stand. Ein Mann und eine Frau lachten in die Kamera, wahrscheinlich die Eltern von Melanie Scott. Steven presste die Lippen zusammen. Stellte sich vor, wie sie fröhlich in der Wohnung hin und her ging, die Blumen arrangierte, die mittlerweile mit hängenden Köpfen auf dem Tisch standen, und neue Fotos aufhängte.

Eine unglaubliche Traurigkeit überfiel ihn, niemals mehr würde Melanie Scott diese Wohnung betreten.

»Verdammt!«, mehr sagte er nicht, doch Ryan verstand genau, was er meinte. Steven betrat das Schlafzimmer. Auch hier lagen dieselben bunten Kissen, wie im Wohnzimmer und hingen Fotos an der Wand. Vom Fenster hatte man einen bezaubernden Ausblick in den Garten. Er zog eine Schublade des Nachtisches auf, darin lagen ein paar Taschentücher, Kopfschmerztabletten und verschiedene Bücher. Im angrenzenden Badezimmer öffnete er den Spiegelschrank über dem Waschbecken, nichts, was darauf hinwies, dass eine weitere Person hier wohnte. Steven schloss seufzend den Schrank und verließ das Badezimmer. Währenddessen waren im Wohnzimmer die Leute von der Spurensicherung weiterhin bei der Arbeit.

»Ethan, habt ihr einen Computer gefunden?«

»Einen Laptop. Aber bei einer schnellen Durchsicht konnte ich nichts finden, was uns weiterbringt. Ich werde das im Labor aber genauer anschauen.«

»Alles klar, vielen Dank. Gibt es sonst etwas Außergewöhnliches?«

»Nichts. Eine so saubere und aufgeräumte Wohnung habe ich lange nicht mehr gesehen. Aber wir drehen alles um und werden dann sehen.«

Steven schaute sich im Raum um. Eine Wohnung gab viel über einen Bewohner preis. Und diese hier sagte ihm, dass Melanie Scott eine nette junge Frau gewesen war und einen solchen Tod nicht verdient hatte.

Dienstag, 26. April, 19:22 Uhr

Steven fuhr vor dem Haus seiner Eltern, am Oak Drive vor. Er staunte nicht schlecht, sein Vater war weit gekommen mit den Renovierungsarbeiten. Gleich nach dem Eintreten zog er automatisch die Schuhe aus. »Mom, bist du da?« Ein würziger Duft nach Schweinebraten stieg ihm in die Nase und sein Magen fing an zu knurren.

»In der Küche, komm doch her. Aber zieh bitte die Schuhe aus, ich habe den Boden gewischt.«

Steven grinste. Einige Dinge änderten nie, egal wie alt man war. Auf Strümpfen lief er in die Küche. Seine Mutter stand am ausladenden Herd, auf dem aus verschiedenen Töpfen eine Symphonie von Gerüchen aufstieg.

»Hm, das riecht ja himmlisch, dein Essen habe ich wirklich vermisst.« Seine Mutter drehte sich um, strich ihm über die Wange und musterte ihn.

»Du siehst ganz ausgehungert aus. Ich habe dir doch gesagt, es wäre besser gewesen, du wärst zum Auskurieren zu uns gekommen. Jenny hat dir wohl nicht genug zu essen gegeben.«

»Es geht mir gut, Mom, ich habe nur sehr viel Arbeit«, beruhigte er sie.

»Ein Fall? So kurz nach deiner Rückkehr? Du solltest dich noch erholen!«

Steven seufzte. »Ich habe mich sechs Wochen lang erholt. Und böse Jungs interessiert es nicht, ob es mir gut geht oder nicht. Apropos böse Jungs. Wo ist Dad?«

Seine Mutter drohte ihm mit dem Kochlöffel. Geschickt wich er grinsend aus.

»Na, wo wohl? In der Garage. Geh zu ihm und bring

ihn her, das Essen ist bald fertig. Und Amber wird auch gleich kommen.«

Ein Lächeln zog über sein Gesicht bei der Erwähnung seiner kleinen Schwester. »Das ist ja toll, ich habe sie seit meiner Zeit in der Klinik nicht mehr gesehen.«

»Darum habe ich sie angerufen. Und jetzt geh, in einer halben Stunde ist alles fertig.« Steven schlüpfte in die Schuhe und schlenderte nach draußen in die geräumige Garage, die von seinem Vater als Werkstatt benutzt wurde. Als Erstes fiel ihm ein überdimensionales Wohnmobil auf. Neugierig umrundete er das Monstrum.

»Hi, Dad. Was willst du denn mit diesem Ungetüm? Wollt ihr umziehen?«

»Hallo, Sohn, nicht so frech«, die Augen des Mannes blitzten unter den buschigen, grauen Augenbrauen. »Schön, dass du zurück bist.« Peter Colby zog seinen Sohn in eine herzliche Umarmung. Sein Vater trat einen Schritt nach hinten und musterte ihn kritisch. »Du hast auch schon mal besser ausgesehen. Ich dachte, du hättest dich ein paar Wochen im Yosemite ausgeruht. Hat Jenny dich durch die Wälder gehetzt?«

Steven lachte. »Sie hat sich rührend um mich gekümmert. Die meiste Zeit verbrachte ich sowieso allein zu Hause. Personalmangel bei den Rangern, sie musste einige Doppelschichten schieben.«

»Ach herrje, das Mädel arbeitet zu viel, muss in der Familie liegen.« Kritisch musterte er seinen Sohn.

»Sag, was liegt dir auf dem Magen? Nach sechs Wochen Auszeit in den Wäldern sieht man normalerweise nicht so aus.«

»Du kennst mich zu gut«, lächelnd sah er seinen Vater

an. »Wir haben einen Fall bekommen. So etwas hast du noch nicht gesehen.«

Während Steven ihm dabei half, die Werkstatt aufzuräumen, berichtete er ihm bis ins kleinste Detail über den Fall.

»Es deprimiert mich immer mehr, die Wohnung eines Mordopfers zu betreten. Und es fällt mir zunehmend schwerer, alles von mir wegzuhalten.«

Wissend nickte Peter. »Ich weiß, das ist hart. Aber man muss solche Gefühle zulassen. Nur auf diese Weise wirst du in der Lage sein, dich in die Opfer und auch in den Straftäter hineinzuversetzen. Sobald du alles von dir wegschiebst, verlierst du das Gefühl für den Job.« Steven wusste genau, wovon sein Vater sprach.

»Reden wir von etwas Erfreulicherem. Sag endlich, was willst du mit dem Wohnmobil?«

»Na, verreisen natürlich«, entgegnete sein Vater.

»Verreisen?« Ungläubig schüttelte Steven den Kopf. »Seit wann wollt ihr denn wegfahren? Das wäre ja etwas ganz Neues.«

»Das erzählen wir dir beim Essen. Komm jetzt, deine Mutter wartet bestimmt schon und das mag sie nicht«, wiegelte sein Vater ab.

Die Männer verließen die Garage und spazierten zurück zum Haus. Steven blieb einen Moment stehen und betrachtete die Aussicht aufs Meer.

»Es ist wunderschön hier.« Er sog die salzhaltige Luft in die Lungen. Sein Vater legte ihm einen Arm um die Schultern.

»Das ist es tatsächlich.«

Noch einen kurzen Moment genossen die zwei Männer die Aussicht, bevor sie sich zum Haus begaben. Kaum betraten sie die Küche, flog ein Schatten auf Steven zu. »Brüderchen, ich habe dich vermisst.« Taumelnd versuchte er, unter der stürmischen Begrüßung das Gleichgewicht zu halten.

»Amber. Au, bitte ein wenig mehr Vorsicht«, bat er seine Schwester.

Sie knuffte ihn in die Seite. »Sei nicht so wehleidig, ich habe mir Sorgen um dich gemacht. Du hast dich wochenlang nicht gemeldet, das ist nicht nett. Vor allem da wir uns im Krankenhaus so gut um dich gekümmert haben.«

»Tut mir leid«, entgegnete Steven zerknirscht.

Sophie Colby betrat das Esszimmer, eine große Platte in der Hand. »Setzt euch hin, sonst wird der Braten kalt.«

»Nun raus mit der Sprache, Dad. Was soll das mit dem verreisen? Ihr wart doch nie länger weg. Schon gar nicht auf diese Weise.«

»Dann wird es Zeit«, entgegnete seine Mutter. »Wir haben vor, im Sommer mit Harold und Fran bis nach Kanada zu fahren.«

»Genau«, erwiderte Peter, »und wir werden zwei oder drei Monate unterwegs sein.« Steven verschluckte sich an einem Stück Braten. »Das ist eine lange Zeit.«

»Oder auch länger«, meldete sich seine Mutter energisch zu Wort. »Dein Vater ist pensioniert, die Renovierung bald abgeschlossen, somit können wir uns getrost im Land umschauen.«

»Ich finde das toll«, entgegnete Amber und schob sich eine Gabel voll Kartoffeln in den Mund. Die Blicke seiner Eltern richteten sich auf Steven. Er schluckte und legte das Besteck auf den Teller. »Das kommt ein wenig überraschend, aber, ihr habt es euch verdient. Ich freue mich für euch, obwohl ich deinen Braten vermissen werde, Mom.«

Sein Vater schlug ihm auf den Rücken. »Deine Mutter wird dir das Kochen gerne beibringen, bevor wir fahren.«

»He, ich kann das, ich habe nur nicht die Zeit dazu«, schmollte er.

»Spaß beiseite«, erwiderte sein Vater ernst. »Steven, würdest du im Haus wohnen, während wir weg sind? Wir möchten es nicht leer stehen lassen. Und du musst ja bald vom Hausboot weg, dann wäre das doch ideal.«

»Hm, ja gerne. Amber, ist das für dich okay?«

Diese zuckte die Achseln. »Für mich ist es zu weit vom Krankenhaus entfernt. Und nach einer Nachtschicht hier raus zu fahren, nee, das wäre mir zu unbequem.«

»Wunderbar, dann ist das ja geklärt«, freute sich seine Mutter. »Wir möchten voraussichtlich Anfang Juli aufbrechen, vielleicht auch früher. Ich hoffe, das passt für dich?«

»Natürlich. Danke, das gibt mir mehr Zeit, eine Wohnung zu finden.«

Der dunkelgekleidete Mann stand hinter einem der Bäume in dem kleinen Garten. Er trat von einem Bein auf das andere. *Wann kam sie endlich?* Die bunte Hängematte schwang leicht im Wind. Er stellte sich vor, wie sie einen romantischen Abend hier verbringen würden. Zusammen ein Glas Wein trinken und in die Sterne schauen. Sah, wie sie ihn anlächelte und seine Hand nahm. Mit einem tiefen Seufzer schloss er die Augen, überwältigt von diesen Bildern.

Noch ein paar Minuten ließ er die Wunschbilder wie einen Film in seinem Geist ablaufen. Kurz darauf flammte das Licht in der Wohnung auf und sie trat ins Wohnzimmer. Er hielt den Atem an, sie war bildschön. Ihre dunklen Locken umschmeichelten ihr Gesicht mit den hohen Wangenknochen. Ein Lächeln lag auf ihren reizvoll geschwungenen Lippen, als sie den Rucksack auf dem Esstisch deponierte. Eine grauweiß getigerte Katze sprang auf den Tisch und schnüffelte an der Tasche. Als das Tier anfing, an den Henkeln zu nagen, schob seine Angebetete diese weg. Ihre Hand strich über das flauschige Fell und er stellte sich vor, *er* würde ihre Zärtlichkeit empfangen. Danach scheuchte sie die Katze vom Tisch und lief ins angrenzende Schlafzimmer. Einen Moment lang verlor er sie aus den Augen. Sie schaltete die Nachttischlampe an. *Gut für mich, dass sie nie die Vorhänge schließt. Sie fühlt sich zu sicher.*

Die Frau stand mit dem Rücken zu ihm und zog das Shirt über den Kopf. Mit einer flinken Bewegung öffnete sie den Verschluss des Büstenhalters. Mit der Zunge fuhr er sich über die Lippen, verknotete nervös seine Finger. *Los, zieh das verdammte Ding aus. Ja!*

Komm meine Schöne, dreh dich zu mir um.

Er hielt den Atem an.

Als hätte sie ihn gehört, drehte sie sich zum Fenster, öffnete den Knopf ihrer Jeans und zog langsam den Reißverschluss nach unten. Schwarze Spitze blitze für einen Moment auf. Ihre Hände streiften die Hose über ihre langen schlanken Beine, der spitzenbesetzte Slip folgte. Nun stand sie nackt und in voller Schönheit vor ihm. Sein Mund wurde trocken, sein Herz hämmerte in der Brust und sein Schwanz drückte schmerzhaft gegen den Reißverschluss der Hose. Sie trat an die Kommode und öffnete die oberste Schublade, wo, wie er wusste, ihre Unterwäsche lag. Beim Gedanken an den feinen Stoff zwischen seinen Fingern, wurde das Pochen in der Hose stärker. Er knöpfte die Jeans auf, griff mit der Hand hinein und umfasste den steinharten Penis. Langsam bewegte er seine Hand auf und ab.

Wunderschön – und bald gehörst du mir.

Der Mann keuchte unterdrückt und pumpte immer weiter, verschlang die Frau mit seinen Augen. Sie schritt auf das Badezimmer zu. Er japste auf, als sie sich bückte, um ihrer Katze über den Rücken zu streicheln. Alarmiert schaute sie zum Fenster. Immer heftiger pumpte seine Hand. Zum Greifen nah, stand die Auserwählte direkt an der Scheibe und versuchte, die Dunkelheit zu durchdringen. Seine Hand streckte sich ihr automatisch entgegen und er stellte sich vor, wie er über ihren Körper strich. Mit einem Ruck zog sie die Vorhänge zu. Er schloss die Augen und spritze ab. Keuchend lehnte er sich an den Baumstamm. Ein letztes Mal sah er zu dem dunklen Fenster.

»Nicht mehr lange, meine Schöne«, flüsterte er.

Kapitel 4

Mittwoch, 27. April, 6:30 Uhr

N*ein, bitte nicht. Verschwindet, ihr macht mir Angst. Sie kroch in die hinterste Ecke des Schlafzimmers und rollte sich ganz klein zusammen. Sie linste unter ihrem Arm in den Raum und sah die glühenden Augen näher kommen. Langsam hob sie den Kopf, ihr Körper zitterte, aber sie konnte nicht wegsehen. Wie hypnotisiert starrte Susan in die lodernden Flammen. Orange züngelten sie in der Dunkelheit. Zitternd wartete sie darauf, dass sie verschlungen wurde.*

Schweißgebadet schreckte Susan hoch. Sunny fauchte sie an, vorwurfsvoll drehte sie ihr den Rücken zu. Orientierungslos und panisch suchte Susan nach den lodernden Augen. Langsam beruhigten sich ihre Atemzüge; in Sicherheit. Sie griff nach dem Wecker, der sechs Uhr dreißig zeigte. Sie strich ihre nassgeschwitzten Haare aus der Stirn. Seit langer Zeit hatte sie den Traum nicht mehr gehabt, dachte, sie hätte endlich alles hinter sich. Einen kurzen Moment überfiel sie die alte Verzweiflung und Tränen traten in ihre Augen. »Ich will das nicht mehr, er soll keine Macht mehr über mich haben.« Ein klägliches Mauzen ließ sie erschrocken innehalten. Zärtlich nahm sie ihre verstörte Katze in den Arm. »Entschuldige, mein Liebling, ich wollte dich nicht erschrecken.« Sunny kuschelte sich an ihren warmen Körper und schnurrte versöhnlich und erfreut über die Streicheleinheiten. Susan schob das kleine Wollknäuel auf ihr Kissen, stieg entschlossen aus dem Bett und betrat ihr Badezimmer. Sie hatte ein komisches Gefühl, als würden ihr die Augen immer noch folgen. Im Schlafzimmer zurück, zog sie den Vorhang zur Seite.

Der Garten lag friedlich und verlassen vor ihr. Die Morgendämmerung zauberte ein liebliches Licht und die aufgehende Sonne vertrieb die Schatten.

Sie erinnerte sich gut an diese Träume und den Grund dafür. Die Geschenke, die Telefonanrufe Tag und Nacht und die Nachstellungen. Das unheimliche Gefühl, dass ein Fremder in ihrer Wohnung war. Dann ihre Flucht nach Chicago, wo er sie trotzdem gefunden hatte. Und nun hier in San Rafael, wo sie sich so geborgen gefühlt hatte. Bis jetzt.

Was war passiert, dass der Albtraum zu diesem Zeitpunkt zurückkam?

Unmöglich, dass er sie hier hatte finden können. Sie war wohl nur überreizt. Aber warum fühlte sie sich beobachtet? Jedes Mal, wenn sie in ihre Wohnung zurückkehrte, konnte sie spüren, dass sie nicht alleine war. Aber das konnte nicht sein, die Fenster hatte sie gesichert und zusätzliche Schlösser eingebaut. Alles war gut verschlossen. Was war nur mit ihr los?

Energisch schüttelte sie den Kopf. »Mach dich doch nicht verrückt, da ist niemand.« Trotzdem schob sie den Vorhang zu, bevor sie ins Bad zurückging. Sie zog die verschwitzten

Sachen aus und stieg in die Dusche. Die verspannten Muskeln lockerten sich allmählich unter dem heißen Wasser. Der fruchtige Duft ihres Duschgels erinnerte sie an einen blühenden Orangenhain. Gleich fühlte sie sich besser. Nach ein paar weiteren, entspannten Minuten stieg Susan aus der Dusche, griff nach dem flauschigen Handtuch und wickelte es um ihren Körper. Sie trat vor das Waschbecken und rieb den beschlagenen Spiegel mit einem Tuch ab. Ihre Nackenhärchen stellten sich auf und sie wirbelte herum. Susan stieß stockend den Atem aus.

»Mach dich nicht verrückt, da ist niemand.«

Das Klingeln der Telefone und die Hintergrundgeräusche gingen ihm heute schwer auf die Nerven. Steven konzentrierte sich auf die Telefonlisten, die vor ihm auf dem Tisch lagen. Immer kam ihm das Bild von Melanie in den Sinn, wie sie am Baum hing.

Von hinten schlug ihm jemand auf die Schultern und stellt einen Kaffeebecher von Starbucks vor ihn hin.

»Hier, du siehst aus, als könntest du einen guten Kaffee vertragen.« Ryan lief zu seinem Schreibtisch und der Stuhl ächzte unter dem plötzlichen Gewicht.

»Vielen Dank, genau das habe ich gebraucht. Die Brühe hier ist saumäßig und verätzt mir den Magen.« Er trank vorsichtig einen Schluck. »Hmmm, perfekt.«

»Etwas Interessantes in den Telefonlisten?« Ryan schob die Papiere zur Seite, um Platz für seinen Kaffeebecher zu schaffen. Kein einfaches Unterfangen auf dem vollgestellten Tisch. Steven nahm die Blätter erneut zur Hand und sah sie durch.

»Man hat uns gesagt, dass sie zurückgezogen lebte, aber ich habe nie langweiligere Listen gesehen. Es scheint, als hätte sie tatsächlich mit niemandem Kontakt gehabt, außer mit ihren Eltern, dieser Kollegin Rita und dem Lieferservice für chinesisches Essen. Einige eingehende Anrufe von irgendwelchen Callcentern, aber sonst – nichts.« Frustriert legte Steven die Listen auf die Seite. »Die werden uns keinen Schritt weiterbringen. Schon irgendwelche Neuigkeiten von Ethan?«

Ryan scrollte durch seinen Posteingang. »Bis jetzt nichts, was uns helfen würde. Auch den Computer scheint sie nur für Mails mit ihren Eltern genutzt zu haben. Keine Einträge in den sozialen Medien oder Aufrufe von Onlineportalen oder irgendwelchen Singlebörsen. Seiten im Internet waren markiert, aber die betreffen nur ihre Arbeit. Artikel über medizinische Dinge.« Ryan las weiter im Bericht von Ethan.

»Nichts in den Papieren. Rechnungen über Wasser, Gas und Strom. Warte!« Lautlos las er.

»Mach es nicht so spannend.«

Ryan sah stirnrunzelnd auf Stevens Finger, die nervös auf die Tischplatte klopften. Dieser zog seine Hand zurück und zuckte bedauernd mit den Schultern.

»Es scheint, als hätte sie viel Pech mit ihrem Auto gehabt. Alle Rechnungen sind fein säuberlich abgelegt. Entweder ein altes Auto, oder der Mechaniker hat sie über den Tisch gezogen.«

Steven kniff die Lippen zusammen. »Hat man das Auto überhaupt gefunden?«

»Keine Ahnung. Aber sie wohnt nicht weit weg, meinst du, sie ist mit dem Auto zur Arbeit gefahren? Das sind ja nur ein paar Straßen.«

»Ich kann mir nicht vorstellen, dass sie zu Fuß unterwegs war.« Steven schüttelte den Kopf. »Sie hatte sicher auch Spätschicht, da geht man, auch wenn es nah ist, nicht zu Fuß, nicht als Frau allein.«

Ryan nickte ihm zu. »Stimmt, da muss irgendwo ein Auto sein.«

»Ist auf den Rechnungen vermerkt, um was für ein Auto es sich handelt?«

Ryan sah sich die angehängten Belege an. »Einen Ford Fiesta, aber kein Kennzeichen. Ich frage bei der Zulassungsstelle nach und gebe dann Mani Bescheid, dass sie das Auto suchen sollen.«

»Und wenn du Mani dran hast, er soll jemanden zur Autowerkstatt schicken. Vielleicht liegt ja gegen den schon was vor.«

»Steven?«

Erschreckt fuhr er herum. »Chief?«

»Das FBI hat angerufen.«

»FBI?«, flüsterte er und ein kalter Schauer rieselte seinen Rücken hinunter.

»Es scheint, als hätte VICAP einen Treffer geliefert. Agent Paul Reynolds wird morgen hier sein.«

Elektrisiert fuhr Steven vom Stuhl hoch. »So schnell? Das ist ja sehr ungewöhnlich. Aber Chief: Das FBI? Ich finde es keine gute Idee, mit denen zu arbeiten. Können die uns nicht einfach die Infos geben und …«

Chief Abott wischte seinen Einwand weg. »Steven, ich weiß um Ihre Probleme mit dem FBI. Aber wir haben hier einen wirklich hässlichen Mordfall. Ich nehme jede Hilfe, die wir kriegen können. Ich gehe davon aus, Sie sehen das auch so?«

»Natürlich, das Opfer hat Priorität«, presste er mühsam hervor. Chief Abott nickte ihm zu und kehrte in ihr Büro zurück.

Ryan beendete in diesem Moment das Telefonat. »Du siehst aus, als hättest du auf eine Zitrone gebissen. Was wollte sie?«

»VICAP hat einen Treffer gelandet. Morgen kommt ein Typ vom FBI.«

»Sei froh, wir können hier jede Hilfe gebrauchen.«

»Das stimmt. Aber weißt du, was mir mehr Bauchschmerzen bereitet?«

Ryan sah seinen Partner fragend an.

»Ein Treffer bedeutet, dass er das nicht zum ersten Mal getan hat. Ein Serienmörder in San Rafael! Scheiße, das hat uns gerade noch gefehlt.«

»Sam bist du da?« Susan durchquerte den Laden von Adventure Tours und öffnete die Tür zum Büro. Ihr guter Freund und Chef saß auf dem Stuhl vor dem Computer und stierte auf den Bildschirm.

»Wie siehst du denn aus?« Sie trat auf ihn zu und verwuschelte seine schwarzen Haare, die schon nach allen Seiten abstanden.

»Susan, lass das«, knurrte er. »Unsere Umsätze sehen lausig aus.« Sie nahm das Auftragsbuch zur Hand, das neben der Tastatur lag und blätterte es durch.

»Ach komm, die nächsten Wochen sehen doch gut aus.«

»Gut ist nicht gut genug. Du hast ja auch keine Schwangere zu Hause, die dir die Haare vom Kopf frisst.«

»Hey, jetzt sei nicht so ungerecht. Frauen in anderen Umständen brauchen einfach mehr, aber das hat ja bald ein Ende.«

»Gott sei Dank, ich wüsste nicht, wie ich das länger aushalten sollte.«

Lachend umarmte Susan ihren Freund. »Das wird schon. Die Tage werden länger und die Sonne wird jeden Tag kräftiger. Heute war es herrlich mit dem Kajak. Und die Auftragslage ist für diese Jahreszeit mehr als okay. Also beklag dich nicht.« Susan legte das Buch auf den Tisch zurück.

»Stimmt«, schmunzelte er und schaute seine Freundin an. »Warum musst du immer recht haben?«

Sie zuckte nur mit den Schultern. »Und morgen Nachmittag starten die Kajakstunden für die Kids, ich freue mich darauf. Wir werden viel Spaß haben.«

Seit eineinhalb Jahren arbeitete Susan bereits bei Adventure Tours in San Rafael. Sie liebte die Arbeit mit den Kindern und die Kletter- und Mountainbikeausflüge mit den Kunden. Aber viel wichtiger war, sie hatte in Sam und seiner Frau Michelle gute Freunde gefunden.

»Apropos morgen«, Sam drehte den Bürostuhl zu ihr um, »könntest du den Laden übernehmen? Ich möchte gerne mit Michelle zum Ultraschall.«

»Klar, kein Problem, ich schließe auf.«

»Ach ja, es kommt eine Lieferung Kletterseile. Könntest du die gleich einräumen?«

»Sicher. Wenn du nichts mehr hast, mache ich mich auf den Weg. Ich habe schon wieder wenig Luft im Hinterreifen und gehe noch kurz bei Leo vorbei. Soll ich ihn wegen der Bikes fragen für nächste Woche? Ich habe gesehen, du hast eine Tour angenommen.«

»Gerne, wir brauchen zehn Mountainbikes, für eine Gruppe von Managern, die sich austoben müssen.«

Susan grinste. »Oje, nervige Typen, aber sie bringen Umsatz. Wer übernimmt die Tour?«

Sam zog den Kopf ein. »Ich hatte gehofft, dass du mir das abnimmst.« Susan schnaubte und sah ihn empört an.

»Ich weiß, du magst die Typen nicht. Aber die sind immer ganz begeistert von dir. Bitte, bitte!«

Sie verdrehte die Augen. »Na gut, aber nur, weil du bald Vater wirst. Danach kannst du die gerne selbst wieder durchführen, oder einem der Studenten abgeben. Und du musst die Kajakstunde übernehmen.«

»Das mache ich. Danke, du bist die Beste.«

»Jaja, vergiss das nicht, wenn es um die nächste Lohnerhöhung geht«, witzelte Susan und verließ das Büro.

Sie stieg auf ihr Rad und fuhr die paar Meter zum Fahrradgeschäft um die Ecke. Erleichtert sah sie, dass Leo noch geöffnet hatte. Eine Glocke erklang, als sie den Laden betrat.

»Leo, bist du da? Ich brauche Luft. Mein Hinterrad ist platt.«

Sie sah sich um. »Leo?«

Susan wirbelte panisch herum, als sich eine Hand auf ihre Schulter legte und schaute den Mann, der hinter ihr stand, mit aufgerissenen Augen an. Sofort trat er einen Schritt zurück und wischte sich die Hände an der fleckigen, grauen Latzhose ab. Ungeschickt schob er die verrutschte Hornbrille auf die Nase zurück. »Entschuldige, ich wollte dich nicht erschrecken«, beteuerte er.

»Irgendwann bekomme ich einen Herzinfarkt, wenn du dich so anschleichst«, keuchte sie.

Zerknirscht schaute Leo sie an und verschränkte seine Hände über dem fülligen Bauch. »Tut mir leid. Was kann ich für dich tun? Ich schließe gleich.«

»Ich brauche Luft für mein Hinterrad. Vielleicht kannst du in den nächsten Tagen mein Rad überprüfen? Es ist doch nicht normal, dass ich laufend Luft verliere.«

»Soll ich es mir gleich anschauen? Ich hätte Zeit.«

»Danke, aber ich muss nach Hause. Ich bringe es dir morgen früh vorbei, ich bin sowieso im Laden. Geht das in Ordnung?«

»Klar. Dann pumpe ich jetzt kurz auf, damit du sicher nach Hause kommst.« Leo nahm die Hochdruckpumpe aus der Halterung, schraubte das Ventil ab und blies Luft in den hinteren Reifen.

»Ach, bevor ich es vergesse«, Susan trat auf die andere

Seite des Rades, »wir brauchen nächsten Dienstag zehn Mountainbikes für eine Tour. Kannst du uns die bereitstellen, ungefähr um acht Uhr?«

»Gerne, ihr könnt sie dann hier abholen.«

»Vielen Dank, Leo, du bist großartig. Dann stelle ich dir das Rad morgen früh vor die Tür.«

Leo nickte nur. Susan stieg auf ihr Bike, winkte ihm zu und radelte davon.

Der Verkehr hielt sich in Grenzen und sie kam schnell voran. Kurz darauf bremste sie vor dem Wohnhaus, in dem ihre kleine Gartenwohnung lag. Susan schloss die Tür auf und schob ihr Rad in den Flur, die Schuhe flogen gleich hinterher. Sie ließ sich in ihren Lieblingssessel fallen und griff nach dem Telefon auf dem Beistelltisch.

Ungeduldig wartete sie, bis Cathy ranging. Aber es klingelte nur und nach einer gewissen Zeit hörte sie die Stimme ihrer Freundin: »Hallo, ich bin im Moment nicht zu Hause, aber Sie wissen, was Sie nach dem Piep tun können.« Piep.

»Hi, Cathy. Hier ist Susan, bitte geh ran.« Niemand reagierte. »Okay, dann ruf mich doch zurück, ich würde wirklich gerne mit dir reden.« Enttäuscht legte sie den Hörer auf. Seit mehreren Wochen konnte sie ihre Freundin nicht erreichen. Langsam machte sie sich große Sorgen. *Kann ich im Krankenhaus anrufen und nachfragen? Nein, zu gefährlich. Niemand durfte wissen, dass sie Kontakt hatten.*

Entschlossen stand sie auf, ging in die Küche und füllte ein Glas mit Eistee. Zurück im Wohnzimmer schnappte sie sich das Buch neben dem Telefon und kuschelte sich in ihren Sessel. Flugs tauchte sie in die Geschichte ein und vergaß alles um sich herum.

Das Klingeln des Telefons riss sie aus ihrer Traumwelt und sie nahm den Hörer in die Hand. »Cathy?« Niemand antwortete. »Hallo, wer ist dran? Hallo!« Susan horchte angestrengt. »Da ist doch wer, ich höre Sie doch atmen.« Nichts.

Langsam legte sie mit zitternder Hand auf. Das Gefühl, beobachtet zu werden, überwältigte sie.

Panisch stürmte sie zum Wohnzimmerfenster, riss die Vorhänge zu und versicherte sich, dass alle drei Riegel an der Haustür verschlossen waren. *Ich will keine Angst mehr haben. Es kann doch nicht alles von vorne beginnen, das stehe ich nicht noch einmal durch.*

Susan sank an der Wand zu Boden und vergrub ihr Gesicht in den Händen.

Kapitel 5

»M orgen zusammen.«
»Guten Morgen, Doc.«
»Auf was warten wir?« Amanda schaute fragend zu Steven.

»Es gibt Neuigkeiten. Wir …«

Genau in diesem Moment trat Chief Abott mit ihrem Besucher in den Raum.

»Guten Morgen. Ich sehe, es sind schon alle da. Darf ich Ihnen Agent Reynolds vom FBI vorstellen? Agent, das sind die Detectives Steven Colby und Ryan O'Sullivan, Ethan Jackson von der Spurensicherung und Dr. Amanda Lang unsere Gerichtsmedizinerin.« Diana Abott wandte sich wieder an die Runde. »Für die, die noch nicht informiert sind: Melanie Scott war leider nicht die Erste. Agent Reynolds, möchten Sie uns gleich informieren?«

Steven musterte den Mann, der mit Jeans, T-Shirt und Sakko so gar nicht nach FBI aussah.

»Vielen Dank, Chief. Guten Morgen. Wie bereits erwähnt, mein Name ist Paul Reynolds. Ich arbeite im FBI-Büro in Washington. VICAP hat einen Alarm an mich gesendet, weil Detective Colby das Vorgehen zu Ihrem

Mordfall eingegeben hat. Wir haben mehrere Fälle mit demselben Muster wie hier bei Ihnen.«

»Mit dem gleichen Muster meinen Sie die Nadeln?«, fragte Amanda.

»Genau. Ein solches Vorgehen ist bis jetzt nirgends aufgetreten, daher gehen wir davon aus, dass es sich bei allen Fällen um den gleichen Täter handelt.«

Steven sah ihn stirnrunzelnd an. »Von wie vielen toten Frauen sprechen wir?«

»Bis jetzt von sechs, von denen wir wissen. Leider erfassen nicht alle Polizeibehörden spezielle Mordfälle in VICAP. Wir haben ein Opfer in New York, zwei in Chicago, eines in Las Vegas und eines in Los Angeles. Und nun hier in San Rafael. Er hat sich von der Ostküste quer durch das Land bewegt.« Reynolds stand auf und nahm einen Packen Fotos in die Hand. Paul klebte eines nach dem anderen an die Glaswand, gleich neben die neusten Tatortfotos. Fünf Bilder von hübschen jungen Frauen, alle mit dunklen Locken. Alle Anwesenden starrten auf die Wand, die Ähnlichkeit war verblüffend.

»Fünf Frauen auf die gleiche Weise umgebracht. Farbige Nadeln überall im Körper, zwei mit Rosen in den Brüsten und eine große direkt im Herzen. Alle wurden brutal vergewaltigt, ermordet und an verschiedenen Schulen platziert.« Er pinnte weitere Fotos von den Tatorten an die Wand. »Der Mörder hinterlässt keine Spuren. Die Nadeln konnten wir bis jetzt nicht zurückverfolgen.«

Ein kratzendes Geräusch erklang, als Steven aufstand und seinen Stuhl zurückstieß. Mit langen Schritten lief er auf die Tafel zu, blieb stehen und runzelte die Stirn.

Konzentriert betrachtete er die verschiedenen Tatortfotos. Nach einer gefühlten Ewigkeit drehte er sich um.

»Er bringt Frauen an Plätze, die mit Schulen zu tun haben. Was hat dieser Ort für eine Bedeutung? Und warum geht er das Risiko ein, erwischt zu werden? Auch in der Nacht treiben sich immer Leute in den dunklen Winkeln herum, das weiß ich aus meiner eigenen Zeit an der Highschool. Dieser Ort muss für ihn enorm wichtig sein.«

»Das haben wir uns auch gefragt, vielleicht geht es zurück auf schlimme Erlebnisse in der Schule? Mobbing? Wir haben keine Verbindungen gefunden.« Paul trat an den Tisch und Steven folgte ihm. »Es gab in einem Kaff, in der Nähe von New York, eine Vergewaltigungsserie mit verstreuten Rosenblättern, aber ohne Nadeln und die Frauen hatten keine Ähnlichkeit. Die Überfälle brachen plötzlich ab und es konnte kein Täter ermittelt werden.«

Paul räusperte sich. »Was ich nicht verstehe, warum er jetzt eine Kleinstadt aussucht. Ich hätte erwartet, aus San Francisco etwas zu hören, oder San Diego. Nichts für ungut.« Agent Reynolds schaute zerknirscht in die Runde.

Ryan grinste. »Kein Problem, wir sind ja auch eine Kleinstadt. Aber die Frage ist gerechtfertigt. New York, Chicago, Las Vegas und Los Angeles sind schon andere Kaliber. Was könnte der Grund sein?«

»Ich weiß es nicht. Wir haben bis jetzt keine Spuren. Alles was er braucht, scheint er selbst herzustellen. Die Utensilien bekommt man in jedem Bastelladen.«

»Hat das FBI ein Täterprofil erstellt?«, fragte Ryan nach.

Paul blätterte in der dicken Akte. »Ein Mann zwischen dreißig und vierzig Jahren. Gut organisiert und akribisch. Die Frauen wurden alle zur selben Zeit entführt und getötet. Das braucht viel Planung, daher lebt er allein und arbeitet in einem Beruf, den er selbst einteilen kann, oder als Selbständiger. Zudem wohnt er an einem Ort, der abgeschieden ist, ohne direkte Nachbarn.«

Steven runzelte die Stirn. »Und warum tötet er auf diese Weise?«

»Schwierig zu sagen, man kann nur mutmaßen«, beantwortete Paul seine Frage. »Der Opfertypus zeugt davon, dass er jemanden aus der Vergangenheit umbringt und das immer wieder. Oder die Frauen sind Stellvertreterinnen.«

»Was genau meinen Sie damit?«, fragte Chief Abott nach.

»Das bedeutet, dass er Frauen umbringt, die der Person, die er wirklich meint, ähnlich sehen, da er das eigentliche Ziel nicht erreichen kann. Die Vorgehensweise zeigt, dass er den Opfern möglichst viel Schmerz zufügen will. Warum? Das muss nur für ihn Sinn ergeben.«

Steven runzelte seine Stirn. »Sechs tote Frauen und keine Hinweise. Das ist mehr als seltsam.«

»Es sind fünf Tote, Detective.«

»Aber haben Sie nicht von sechs Opfern gesprochen?«, warf Chief Abott dazwischen.

»Genau, aber eines davon hat überlebt.« Die Köpfe der Anwesenden ruckten in seine Richtung. Steven sog scharf den Atem ein.

»Sie haben eine Überlebende und finden es nicht nötig, uns darüber zu informieren? Und warum haben Sie keine Spuren oder zumindest eine Beschreibung?«, wetterte er.

»Cathy Williams, dreiunddreißig Jahre alt, Krankenschwester in New York liegt seit dem Überfall im Koma. Wir wissen nicht, was passiert ist oder wie sie entkommen konnte. Er hat sie vergewaltigt und mit Nadeln gefoltert wie die anderen. Aber die eine Nadel im Herz hat er nicht tadellos platziert. Stimmt, sie hat überlebt, nur knapp, aber trotzdem. Wir wissen nicht, ob die Frau jemals aufwachen wird.«

Chief Abott seufzte. »Aber der Tathergang ist gleich?«

»Der Hergang ja, aber sie unterscheidet sich von den anderen Opfern.«

»Inwiefern?«, fragte Steven. Paul klebte ein weiteres Foto an die Glaswand.

»Sie ist blond und hat kurze Haare. Alle anderen waren dunkelhaarig und hatten Locken.«

»Ist ein solches Vorgehen nicht eher ungewöhnlich?«

»Das stimmt, Doktor Lang, das ist es. Normalerweise bleibt der Täter bei einem Typ. Warum er hier vom Weg abgewichen ist, wissen wir nicht.«

»Was meinen Sie mit *vom Weg abgewichen*?« Chief Abott schaute ihn fragend an.

»Mrs Williams war sein letztes Opfer und lebt in New York.«

Steven sah ihn kritisch an. »Dann ist er zur Ostküste umgekehrt?«

»Genau, und das können wir uns nicht erklären. Und dann von New York direkt nach San Rafael, das ergibt keinen Sinn.«

Frustration machte sich bemerkbar. Sechs Opfer und nicht den geringsten Hinweis. Steven trat an die Glaswand, musterte die Fotos in der Hoffnung, etwas zu sehen, was sie bis jetzt nicht erkannt hatten.

»Was haben wir hier bei uns? Wir haben das Opfer, Melanie Scott, die Identität muss noch bestätigt werden.«

»Steven«, warf Amanda dazwischen, »Max Nichols war bei mir in der Gerichtsmedizin und hat das Opfer identifiziert.«

»Kein Zweifel?«

»Er hat sie sofort erkannt.«

»Alles klar, danke Doc. Also haben wir hier unser Opfer Melanie Scott, fünfunddreißig Jahre alt, ledig und Krankenschwester. Sie arbeitete im *Mission Gesundheitszentrum* hier in der Stadt.«

»Detective?«

Steven drehte sich zu Paul um.

»Nur noch eine Sache, die alle Opfer gemeinsam hatten. Sie waren alle Krankenschwestern.«

»Krankenschwestern?« Ungläubig schaute Steven den Agenten an. »Da muss es doch ein Motiv geben. Kunstfehler, schlechte Behandlung, oder etwas Ähnliches.«

»Bis jetzt konnten wir in dieser Beziehung nichts herausfinden. Alle Opfer waren beliebt bei Patienten und beim Personal.« Reynolds nahm sein Notizbuch zur Hand. »Alle haben viel gearbeitet und hatten wenig Privatleben.«

»Das kann ich nachvollziehen«, warf Ryan ein. »Uns geht es auch nicht viel anders.«

»Ich denke, Sie sprechen für alle in diesem Raum, Ryan«, bemerkte Chief Abott.

Die Tür zum Konferenzraum öffnete sich.

Mani kam außer Atem herein. »Entschuldigung für die Verspätung, die Befragungen haben länger gedauert, als geplant.«

Chief Abott nickte ihm zu. »Agent Reynolds, das ist Officer Manfred Shriver, er koordiniert für uns die Streifenbeamten.« Paul grüßte ihn, bevor der Chief weitersprach. »Und, Mani, haben Sie Neuigkeiten?«

»Es ist immer dasselbe. Niemand hat etwas gesehen oder gehört. Einzig ein Zeuge hat gemeint, der Wagen eines Pannendienstes hätte vor der Schule geparkt, hat sich aber nichts dabei gedacht. Ansonsten hat niemand etwas bemerkt.«

Steven nickte Mani zu. »Wie sieht es mit der Autowerkstatt aus?«

»Nichts, der Besitzer konnte uns sagen, dass es sich um ein altes Auto handelt. Er wollte ihr schon lange ein neues verkaufen, aber sie hat sich immer geweigert. Es liegt nichts gegen ihn vor. Der Typ ist sauber.«

»Gut, danke. Hast du ein paar Männer, die bei der Highschool vorbeigehen könnten? Die Schüler und Lehrer sind zurück, vielleicht hat jemand etwas bemerkt.«

»Zwei oder drei Männer kann ich entbehren. Mehr geht im Moment nicht«, bestätigte Mani.

»Danke, das sollte reichen. Es genügt, wenn sie die Lehrpersonen befragen. Sie sollen aber die Schüler dazu anhalten zu melden, wenn sie etwas Verdächtiges gesehen haben«, führte Steven aus.

»Übrigens, hat man das Auto von Melanie Scott gefunden?«

»Ist bereits bei der Spurensicherung. Die melden sich, wenn sie etwas haben«, berichtete Mani.

»Und wo wurde das Auto gefunden?«

»Auf ihrem Weg nach Hause. Weit ist sie nicht gekommen, er hat den einzigen abgelegenen Abschnitt genommen, den es zwischen den zwei Orten gibt. Er hat genau gewusst, was er tat.«

Mani blätterte durch seine Papiere. »Es gibt dort keine Kameras, tut mir leid.«

Steven wandte sich an Paul. »Agent Reynolds, wurde bei den anderen Opfern ein Pannendienst erwähnt?«

»Nicht, dass ich wüsste, ich schaue mir die Akten ein weiteres Mal an.«

Steven sah in die Runde. »Hat noch jemand Informationen für uns? Ethan?«

Dieser schüttelte den Kopf. »Leider nicht. Er hat keine Spuren hinterlassen. Wir sind den ganzen Müll der Highschool durchgegangen, haben jedoch nichts gefunden. Auch nicht unter den Fingernägeln, er scheint sie gesäubert zu haben.«

»Doc, Neuigkeiten von Ihrer Seite?«

»Wie schon gesagt, Todesursache war innerliches Verbluten durch den Stich ins Herz. Der Täter hat den Herzbeutel perfekt getroffen, er muss anatomische Kenntnisse haben.«

»Ein Arzt oder Sanitäter?«, wollte Ryan wissen.

»Nicht unbedingt. Diese Informationen kann man aus Büchern oder im Internet holen. Aber er hat auf jeden Fall Übung, er brauchte nur einen Stich um den Beutel zu treffen. Gibt es dazu Informationen aus den Autopsien der vorherigen Opfer, Agent Reynolds?«

»Ich veranlasse, dass Ihnen die Berichte geschickt werden«, versicherte Paul. »Vielen Dank, das wird hilfreich sein.« Amanda setzte ihre Ausführungen fort. »Er scheint die Frauen hungern zu lassen, ihr Magen war vollkommen leer. Sie wurde mehrmals brutal vergewaltigt, aber er hat leider keine Spuren hinterlassen. Die Nadeln wurden alle erhitzt und sie hat noch gelebt, als er ihr diese in den Körper gestoßen hat.« Nach den Schilderungen der Gerichtsmedizinerin war es still im Raum. Steven räusperte sich.

»Danke, Doc. Hat sonst noch jemand etwas?« Allgemeines Schweigen in der Runde.

»Gut. Agent Reynolds? Haben Sie Zugriff auf die Fotos der Schaulustigen?«

»Die habe ich alle auf meinem Laptop. Gute Idee, Detective Colby, wir sollten alle mit Ihrem Tatort vergleichen. Ich setze mich da sofort ran, wenn Sie mir Ihre Fotos geben.«

»Ethan, würdest du Agent Reynolds die Bilder bereitstellen, dann kann er sie gleich mitnehmen?«

Dieser zog einen Stick aus der Brusttasche seines Hawaiihemdes und reichte ihn dem FBI-Mann.

Steven nickte Ethan dankend zu. »Alles klar. Agent Reynold, bleiben Sie hier in San Rafael?«

»In San Francisco. Wenn etwas ist, kann ich umgehend hier sein.«

»Schon wieder keine Frauenparkplätze mehr frei, das ist doch nicht zu fassen. Immer dasselbe, wenn ich Spätschicht habe.« Laut schimpfend lenkte Lucy ihren Wagen in die hinteren Reihen des großen Parkplatzes des Krankenhauses. Genervt schlug sie auf das Lenkrad. »Die meisten der Autos gehören ganz bestimmt nicht Frauen. Vielleicht kann ich später den Wagen umstellen, bevor es dunkel wird.«

Lucy stieg aus dem Fahrzeug und schlängelte sich durch die abgestellten Autos Richtung Eingang. Ihre Nackenhärchen richteten sich auf. Sie blieb stehen und sah über den Parkplatz. Niemand da, der sie beobachtete.

»Du solltest weniger Krimis schauen«, murmelte sie und schüttelte den Kopf. Sie wirbelte herum, als eine Hand ihre Schulter berührte.

»Sag mal, spinnst du?« Ann, eine Kollegin, wich ängstlich zurück. Lucy atmete erleichtert aus.

»Bist du wahnsinnig, mich so zu erschrecken?«, fauchte Lucy und schüttelte die Hand von Ann ab.

»Hey, komm mal runter, was hast du denn für ein Problem?«

Lucy strich sich die dunklen Locken aus dem Gesicht. »Tut mir leid, ich bin im Moment ein wenig schreckhaft. Ich habe seit einigen Tagen das Gefühl, als würde ich beobachtet. Das macht mich völlig fertig. Und dann habe ich heute Spätschicht und musste mein Auto in der hintersten Reihe parken.«

»Bist du sicher, dass du dir das nicht einbildest? Hast du irgendwelche Probleme?«

»Nicht, dass ich wüsste. Du weißt ja, ich habe ein langweiliges Leben.« Ann lachte und die Anspannung fiel von

Lucy ab. Langsam gingen sie zum Eingang. Ein langer Arbeitstag lag vor ihnen und viele Patienten wollten versorgt werden. Für Lucy der wunderbarste Job der Welt, sie hatte schon als kleines Mädchen davon geträumt. Eine andere Arbeit konnte sie sich nicht vorstellen. Außer vielleicht, doch Mann und Kinder zu haben. Aber dieser Wunsch schien in weiter Ferne zu liegen.

Ann packte Lucy am Arm. »Versprich mir, dass du heute Abend den Sicherheitsdienst bittest, dich zum Wagen zu begleiten.«

»Ich verspreche es dir. Und jetzt los, gehen wir rein, sonst kommen wir zu spät und der alte Drachen hat einen Grund, uns in den Boden zu stampfen.«

Ein letztes Mal drehte Lucy sich um, bevor sie durch die Tür trat. Mit einem komischen Gefühl im Nacken schüttelte sie den Kopf und betrat das Krankenhaus.

*

Lächelnd drehte er sich um. Aufmerksam betrachtete er die Umgebung. Genau richtig, das würde perfekt werden heute Abend.

Den bunten Blumenstrauß umklammernd, lief er auf den Eingang des Krankenhauses zu, er musste sie noch einmal sehen.

Automatisch drehte er an der Eingangstür den Kopf nach rechts, weg von der Kamera, obwohl die Baseballkappe sein Gesicht verdeckte.

Zielstrebig betrat der Mann die Eingangshalle, er wusste genau, wo er sie finden würde, im dritten Stock, in der Chirurgie. Die Aufzugstür ging auf und drei Personen stiegen aus, schnell trat er ein und drückte den Knopf. Oben angekommen, verließ er den Fahrstuhl und senkte den Kopf. Langsam lief er den Korridor entlang in Richtung Schwesternzimmer.

Ihr Lachen klang ihm entgegen. Er blieb stehen und spitzte die Ohren. So eine süße Stimme, seine Härchen an den Armen stellten sich vor Freude auf. Da, sie trat aus der Tür. Sie sah hübsch aus in ihrem Schwesternkittel. Die dunklen Locken waren mit einer Klammer am Hinterkopf zusammengefasst. Er stellte sich vor, wie er die Spange entfernte und ihr durch die dichten Locken fuhr. Die Jeans wurde eng. *Vorsicht, ich darf nicht auffallen*. Ruckartig drehte sie den Kopf in seine Richtung, musterte die Umgebung. Er tat, als suche er etwas und kehrte zum Fahrstuhl zurück. Noch ein letzter Blick.

Bald ist es soweit, dann gehörst du mir.

Steven bremste vor dem Gesundheitszentrum und parkte den Wagen. Eine kurze Rückfrage hatte bestätigt, dass Schwester Rita jetzt im Dienst war. Erneut betraten sie die Klinik und gingen auf den Empfang zu.

»Ausfüllen und hinsetzen, Sie werden aufgerufen.« Die Empfangsschwester würdigte die zwei keines Blickes.

»Das hatten wir doch schon mal«, schmunzelte Ryan.

Die nörglerische Frau schaute auf und zog die Brauen zusammen. »Ach, Sie schon wieder. Gibt es etwas Neues?«

Steven ignorierte die Frage. »Könnten Sie bitte Schwester Rita Bescheid geben? Sie erwartet uns.«

»Einen Moment, ich rufe sie aus«, brummte sie.

Steven überblickte den Raum. Auch dieses Mal war der Wartebereich vollkommen überfüllt. In der ersten Reihe saß ein Mann, der mehr tot als lebendig aussah und es schien, als würde er bald vom Stuhl kippen. Eine Mutter mit zwei kleinen Kindern bemühte sich vergeblich, ihre Racker ruhig zu halten. Und hinten in der Ecke übergab sich eine junge Frau in einen Eimer, den man ihr liebenswürdiger Weise überlassen hatte.

»Erinnere mich daran, dass ich nie hierherkomme, wenn ich ein Problem habe«, grinste Ryan seinen Partner an. »Die meisten hier sehen aus, als wären sie eher Kandidaten für die Gerichtsmedizin, statt für eine Untersuchung bei einem Arzt.«

»Sie haben nach mir gefragt?« Die beiden Detectives wirbelten herum und musterten die junge Schwester, die vor ihnen stand.

»Steven Colby und Ryan O'Sullivan, Polizei San Rafael«, stellte Steven sie vor.

Sie nickte kurz. »Wie kann ich Ihnen helfen?«

»Uns wurde gesagt, dass Sie mit Melanie Scott befreundet waren. Was können Sie uns über sie erzählen?«

»Na ja, wir waren keine Freundinnen oder so. Wir haben uns gut verstanden und arbeiteten meistens in derselben Schicht. Mel war eher ein ruhiger Typ und lebte sehr zurückgezogen. Ich stehe mehr auf das gesellige Leben. Sie verstehen, was ich meine?«, kokett lächelte sie sie an.

Ein amüsiertes Lächeln stahl sich in Stevens Mundwinkel. »Ich verstehe. Hatte Melanie einen Freund? Oder gab es jemanden, vor dem sie sich fürchtete?«

»Sie hat allein gelebt und soviel ich weiß, hatte sie in der Zeit, seit sie hier war, niemanden in ihrem Leben.« Rita runzelte die Stirn und schüttelte den Kopf. »Eine Verschwendung, wenn Sie mich fragen, sie war wirklich hübsch. Viele Patienten hätten sie nur zu gerne eingeladen. Aber sie hat immer abgeblockt.«

»Gab es einen, der speziell hartnäckig war?«

»Da kommt mir niemand in den Sinn.« Sie runzelte die Stirn. »Ach doch, warten Sie, da gab es mal jemanden. Er hat versucht, mit ihr anzubändeln, sie hat aber abgeblockt. Der Mann war ziemlich lästig. Sie hat sich dann geweigert, ihn zu behandeln. Und dann kam er nicht mehr.«

»Was können Sie uns über ihn sagen? Wie sah er aus? Wie heißt er?«

»Tut mir leid. Es kommen und gehen so viele Leute hier. Ich glaube – ja er hatte braune Haare, sah eher unscheinbar aus. Aber sonst, keine Ahnung.« Steven notierte ihre Angaben, frustriert, dass sie nicht mehr wusste.

»Gibt es Überwachungskameras hier?«, fragte er hoffnungsvoll.

»Wir haben Kameras, aber die Bänder werden nach achtundvierzig Stunden gelöscht. Tut mir leid.«

»Wie verstand sie sich mit den Kollegen hier, den Ärzten?«

Rita zuckte mit den Schultern. »Sie war, wie gesagt, sehr zurückhaltend. Jeder schätzte ihre professionelle Arbeit. Und ehrlich, wir haben hier keine Zeit für private Dinge. Das Wartezimmer platzt aus allen Nähten. Da sind wir nur froh, wenn wir hier wegkommen.«

»Vielen Dank, Schwester Rita.« Steven zückte eine Visitenkarte. »Wenn Ihnen etwas einfällt, rufen Sie mich an.«

Sie nahm die Karte und schaute zu den Detectives. »Bitte, finden sie den Kerl, das sind wir Mel schuldig.«

»Sam, komm.« Susan trat von einem Fuß auf den anderen und sah sich ängstlich um. Endlich trat ihr Chef aus dem Geschäft und schloss die Tür ab.

»Ich komme ja schon, mach doch nicht so einen Aufstand.«

»Michelle wird sich auch fragen, wo wir bleiben. Wir hätten vor einer halben Stunde bei dir zu Hause sein müssen.«

»Wir sind ja in ein paar Minuten da und ich habe sie kurz angerufen, um ihr zu sagen, dass wir uns verspäten«, beruhigte er sie.

»Nun komm, lass uns endlich fahren, ich freue mich auf den Abend.«

»Ich auch, dann kannst du mal einige Zeit das Gemecker meiner Frau ertragen.« Sam lachte und öffnete die Autotür für Susan. Auf der kurzen Fahrt schwiegen die beiden und hingen ihren eigenen Gedanken nach. Keine zehn Minuten später kamen sie an dem kleinen Reihenhaus am Spinnaker Point Drive, direkt am Meer an. Sie stiegen aus und gingen den kurzen Weg zur Haustür.

Sam öffnete und trat ein. »Schatz, wir sind da. Wo bist du?«

»Wo wohl, in der Küche natürlich. Ich muss versuchen zu retten, was zu retten ist, wenn ihr zu spät kommt«, wetterte seine Frau.

Susan sah Sam mitleidig an und lächelte ihn aufmunternd an.

Michelle trat aus der Küche. »Na, wartet ihr darauf, dass ich euch das Essen im Flur serviere? Kommt doch endlich rein, bevor alles kalt wird.«

Susan umarmte ihre Freundin liebevoll. »Hallo, meine Schöne. Wie fühlst du dich?«

»Wie wohl? Wie ein gestrandeter Wal. Ich bin froh, wenn ich endlich meine Füße wieder sehen kann.« Michelle strich liebevoll über ihren Bauch. »Je näher der Termin kommt, desto mühsamer wird es. Aber es sind ja nur noch drei Wochen.«

Sam seufzte auf. »Die längste Zeit meines Lebens.« Er zuckte unter dem Blick seiner Frau zusammen. Sam lächelte zerknirscht und trat auf Michelle zu. »Kommt her, meine Liebste. Du weißt, ich liebe dich, auch wenn du im Moment mehr als ungenießbar bist.« Sie boxte ihn in die Seite.

»Du kannst von Glück sagen, dass ich unser Kind nicht allein aufziehen will, sonst hätte ich dich längst im Schlaf erdrückt.« Susan beobachtete die beiden sehnsüchtig. Ein Schatten legte sich über ihr trauriges Gesicht. Energisch schüttelte sie innerlich den Kopf. Sie konnte sich solche Sentimentalitäten nicht leisten.

»Was duftet denn hier so lecker?«, fragte sie stattdessen, lief in die Küche und wollte den Deckel vom Topf nehmen. Michelle schlug ihr auf die Finger.

»Schön warten. Geht ins Esszimmer und setzt euch an den Tisch, das Essen ist gleich fertig, dann können wir zulangen.«

Susan trat ins Wohnzimmer und der Ausblick aus dem Panoramafenster überwältigte sie aufs Neue. Das Haus stand direkt am Wasser und bot eine fantastische Aussicht auf die Bucht. Susan betrachtete den liebevoll gedeckten Tisch. Hier fühlte sie sich immer geborgen und konnte ihre Sorgen vergessen.

Michelle brachte eine Platte mit Hähnchenfilet und

eine Schüssel mit Reis. Susans Magen fing beim würzigen Duft des Fleisches an zu knurren. »Erwartest du eine Fußballmannschaft?«, sie lachte bei den Mengen, die Michelle auf den Tisch stellte.

Ihre Freundin runzelte die Stirn. »Da scheint mit mir der Hunger durchgegangen zu sein. Aber das kann ja aufgewärmt werden, also lasst es euch schmecken.

Und wie läuft es bei dir, Susan? Du hast dich lange nicht blicken lassen«, fragte Michelle und schenkte den beiden Wein ein.

»Mir geht es gut. Ab morgen kommen die Kids, das ist zwar anstrengend, macht aber sehr viel Spaß.«

»Und vergiss die Manager nächste Woche nicht.« Sam wackelte mit seinen Augenbrauen, was Susan zum Lachen brachte.

»Dankeschön auch, die testosterongesteuerten Kerle mutieren nach kurzer Zeit zu Höhlenmenschen. Und jeder will den anderen übertrumpfen. Die sind echt anstrengend.«

Michelle lachte fröhlich auf. »Denen wirst du schon Herrin werden, wie ich dich kenne. Die können sich warm anziehen.« Einen kurzen Moment hörte man nur das Klappern des Besteckes. »Und wer weiß, vielleicht ist ja mal einer dabei, der dir gefällt«, schmunzelte Michelle, zog aber gleichzeitig den Kopf ein.

»Erde an Susan, hallo?« Diese zuckte zusammen und sah ihre Freundin schuldbewusst an.

»Tut mir leid, du weißt, ich kann das Thema nicht mehr hören. Ich wünsche mir sehr, zu haben, was ihr habt, aber das geht leider nicht.«

»Aber es ist doch schon so lange her und alles ist ruhig.

Warum kannst du nicht einfach anfangen zu leben? Irgendwann muss doch auch mal gut sein.«

Sam zeigte mit der Gabel auf Susan. »Und was ist überhaupt los, du bist seit ein paar Tagen schon so komisch. Irgendwas, von dem wir wissen sollten?« Sam schaufelte ein Stück Hähnchen in den Mund.

»Eigentlich nicht, nur ein mulmiges Gefühl. Gestern Abend kam ein merkwürdiger Anruf, da bin ich sehr empfindlich. Und vor ein paar Wochen ist ein neuer Nachbar eingezogen. Ein ganz komischer Kauz. Sagt kaum ein Wort, schaut nur eigenartig. Gruselig der Typ.«

Michelle strich ihrer Freundin über den Rücken. »Du weißt, wir sind immer für dich da. Aber es stimmt, du solltest endlich loslassen.« Susan wusste, es hatte keinen Sinn mehr, weiter über dieses Thema zu reden. Jemand, der das nicht erlebt hatte, konnte ihre Angst nicht nachvollziehen.

Michelle bemerkte das Dilemma ihrer Freundin und setzte sich aufrecht hin. »Lasst uns von Erfreulicherem reden.«

Susan schaute sie gespannt an.

»Sam und ich wollten dich schon lange etwas fragen.«

»Michelle, mach es nicht so spannend, was ist los?«, drängte sie ihre Freundin.

»Wir würden dich gerne als Patentante haben.« Erwartungsvoll schaute sie Susan an. Diese sprang freudig auf und umarmte ihre Freundin.

»Liebend gern. Ich freue mich so, dass ihr mich gefragt habt.« Auch Sam bekam eine Umarmung. Sam und Michelle zwinkerten sich zu, freuten sich riesig über die Zusage.

Susan klatsche in die Hände. »Super, dann werde ich

ihr oder ihm Kajak fahren und Klettern beibringen.« Michelle hob abwehrend die Arme. »Oh nein, es reicht, wenn ich mir um einen in der Familie Sorgen machen muss. Vielleicht Geige oder Klavier spielen. Oder Ballett, wäre doch eine ansprechende Alternative.« Sam öffnete den Mund, schloss ihn aber gleich wieder, ohne etwas zu sagen, sondern zuckte nur mit den Achseln. »Na, mein Lieber«, stichelte seine Frau, »willst du dich nicht äußern?«

Sam stand auf und fing an die leeren Teller abzuräumen. »Ich hole uns besser das Dessert, auf diese Diskussion lasse ich mich definitiv nicht ein.«

Beide Frauen lachten und schauten ihm hinterher.

»Wisst ihr denn jetzt schon, was es wird? Junge oder Mädchen?«

»Nein, wir wollen es nicht wissen. Es ist zwar nicht immer einfach beim Ultraschall, nicht danach zu fragen, aber die Überraschung wird dann umso schöner sein. Und es dauert ja nicht mehr lange.« Liebevoll strich Michelle über ihren Bauch.

Sam trat ins Wohnzimmer.

»Ach du meine Güte. Ich weiß nicht, wo ich den noch hinpacken soll«, stöhnte Susan beim Anblick des Schokokuchens, den ihr Chef in den Händen hielt.

»Komm, eine Stunde mit den Kids Morgen und die Kalorien sind weg«, lachte Sam. »Ich bringe das raus auf die Terrasse, der Tee ist auch gleich fertig.«

»Mhm, der Kuchen ist einfach unglaublich, aber wenn ich jetzt nicht aufhöre, platze ich«, stöhnte Susan. Sie lehnte sich zurück und sah übers Meer. »Wisst ihr eigentlich, wie fabelhaft ihr es hier habt? Dieser Ausblick, einfach phänomenal.«

»Wir sind auch sehr glücklich hier, nicht wahr Schatz?«, fragend sah Michelle zu ihrem Mann.

Dieser nickte nur zufrieden und strich sich über den Bauch.

Susan schaute auf die Uhr. »Oh, schon so spät? Es wird langsam Zeit.«

»Ich fahre dich nach Hause, das Rad liegt ja bereits im Auto.«

»Ach, das ist doch nicht nötig, ich habe es ja nicht weit«, wehrte sie ab.

Michelle legte ihr die Hand auf den Arm. »Susan, du fährst ganz bestimmt nicht mehr mit dem Rad nach Hause. Da würde ich mir zu große Sorgen machen. Bitte, lass dich von Sam fahren. Mir zuliebe.«

Susan nickte und nahm sie in den Arm. »Vielen Dank für den gemütlichen Abend. Pass gut auf euch zwei auf.« Sam nahm den Schlüssel, küsste seine Frau zärtlich und verließ mit Susan die Wohnung.

Lucy trat, nach einem langen Arbeitstag, aus dem Krankenhaus und sog gierig die frische Luft ein. Sie freute sich auf drei freie Tage. Mit einem Zischen schlossen die automatischen Türen. Fröstelnd zog sie die Schultern hoch. *Soll ich nicht doch warten, bis jemand vom Sicherheitsdienst da ist?* Unbehaglich schaute sie nach allen Seiten. Niemand da.

Kopfschüttelnd marschierte sie entschlossen auf den Parkplatz zu. »Das nächste Mal muss ich wirklich mein Auto umstellen«, brummelte sie und lief zwischen den geparkten Wagen durch. Ruckartig blieb sie stehen. Waren da Schritte hinter ihr? Lauernd drehte sie den Kopf und versuchte, die Geräusche aufzunehmen. *Blödsinn, das bildest du dir nur ein. Jetzt mach, dass du zum Auto kommst.* Aufatmend erreichte sie ihr Fahrzeug und steckte den Schlüssel ins Schloss. Lucy nahm hinter dem Steuer Platz und strich liebevoll über das Lenkrad. »So, mein Lieber, nun lass mich nicht im Stich, ja?« Sie fasste nach dem Schlüssel und zählte bis drei. Als sie diesen drehte, startete der Motor sofort. Erleichtert ließ sie die Schultern sinken. »Danke, du bist doch mein Bester.«

Beruhigt fuhr sie vom Parkplatz auf die Straße. Doch bereits nach kurzer Zeit fing der Motor an zu stottern. »Oh nein, bitte nicht hier. Komm schon, das kannst du mir nicht antun«, schrie sie und drückte aufs Gas, aber das Rucken wurde immer stärker. Sie schaltete einen Gang runter, aber auch das nützte nichts. Mit dem letzten Schub lenkte sie ihr Auto auf den Seitenstreifen. Mehrere Versuche, den Motor zu starten, schlugen fehl. »Komm,

mach schon. Bitte nicht hier, wo fast kein Auto vorbei-
fährt. Da kann ich ewig auf den Pannendienst warten«,
flehte sie.

Alle Versuche den Wagen zum Laufen zu bringen schlugen fehl. Resigniert ließ sie die Hand vom Schlüssel fallen
und ihre Faust krachte auf das Lenkrad. Vorsichtig schaut
sie aus dem Fenster, kein Auto weit und breit. Nur eine
Straßenlampe spendete ein wenig Licht.

»Wo ist denn jetzt dieses verflixte Telefon?« Plötzlich
blendeten Scheinwerfer in ihr Auto. Erschrocken schaute sie hoch und sah jemanden aussteigen. Kurz darauf
klopfte es an ihre Seitenscheibe. Ein freundliches Gesicht
blickte zu ihr rein. Sie öffnete das Fenster einen Spalt.

»Haben Sie Probleme mit dem Wagen?«

Lucy musterte den Mann, der vor ihrem Auto stand. Er
sah nett und überhaupt nicht gefährlich aus. Seine dunklen Haare fielen ihm vorwitzig in die Stirn. Der attraktive
Helfer lächelte sie an, automatisch lächelte sie zurück. Ein
Ruck ging durch ihren Körper, schließlich wollte sie nicht
die ganze Nacht hier stehen.

»Sie schickt der Himmel. Ich habe keine Ahnung, was
los ist, plötzlich fing er an zu rucken und ich konnte ihn
gerade noch auf die Seite fahren.«

Der Mann schaute sie lächelnd an. »Entriegeln Sie die
Motorhaube, ich schaue nach, ob ich etwas finde.«

»Vielen Dank, ich bin so froh, dass Sie hier sind.«

Sie sah ihm nach, wie er mit langen Schritten vor das
Auto trat und die Motorhaube öffnete. Sie wartete einige
Minuten, nichts bewegte sich vor dem Wagen. *Was macht
der denn da vorne. Ob ich nachschauen soll? Nein, besser
im Auto bleiben, man weiß ja nie.* Weitere Minuten ver-

gingen. Unruhig rutschte sie auf dem Sitz hin und her. »Das gibt es doch gar nicht, was macht der denn da?«, murmelte sie. Genervt öffnete sie die Tür und stieg langsam aus. Vorsichtig umrundete sie den Wagen und trat zu ihm an die Seite.

»Haben Sie etwas gefunden?«

»Das habe ich tatsächlich.« Sein Lächeln und der Elektroschocker waren das Letzte, das sie sah, bevor sie zusammenbrach.

Sie schlief bereits, er sah, wie sich ihre Brust bei jedem Atemzug hob und senkte. »Ach, meine Schöne, ich würde dich so gerne wach sehen.« Mit einem Lächeln holte er die Aufnahmen vom Morgen auf den Bildschirm. Beobachtete zum wiederholten Male, wie sie sich auszog und unter die Dusche trat. Sie nahm von der Seife und er spürte ihre Hände, als würden sie über seinen Körper fahren.

Der Spanner konnte den Blick nicht von ihr lösen.

Seine Angebetete schloss die Augen und hob ihr Gesicht in den warmen Strahl des Wassers. Er verfolgte, wie die Wassertropfen über ihren Körper liefen und in seiner Phantasie folgte er ihnen mit den Lippen. Er umfasste den pochenden Schwanz und streichelte sanft darüber. Automatisch nestelte er an den Knöpfen.

»Nein«, flüsterte er, »diesmal nicht auf diese Weise, ich habe ja jemanden zum Spielen, auch wenn es nicht die Frau ist, die ich mir wünsche. Noch nicht.«

Zärtlich liebkosten seine Finger ihre Brüste auf dem Bildschirm.

Er stand auf, schritt auf die Stereoanlage zu und stellte die Musik an. Leichtfüßig lief er zum Esstisch und strich über die langen Nadeln mit den farbigen Köpfen. Bedächtig wählte er zehn aus und legte sie behutsam auf ein silbernes Tablett.

Das T-Shirt flog aufs Sofa, gefolgt von den Jeans und der Unterwäsche. Nackt stand er mitten in der Küche und beobachtete seinen durchtrainierten Körper im Spiegel an der gegenüberliegenden Wand. Zufrieden mit dem, was er sah, nahm er das Tablett in die Hand. Durchquerte langsam die Halle bis zur Treppe, die in den Keller führte. Der Schlüssel drehte sich im Schloss und er stieg lächelnd die knarrenden Stufen nach unten.

»Ach, du bist wach. Es ist Zeit, meine Schöne, wir werden viel Spaß zusammen haben.« Er sah ihr entsetztes Gesicht und grinste, als sie zu schreien anfing.

Amüsiert betrachtete er Lucy, wie sie panisch an den Fesseln riss, die sie nackt auf dem gynäkologischen Stuhl festhielten. Ihre Beine lagen weit gespreizt auf den Fußablagen. Völlig erstarrt sah sie ihn an, als er direkt neben ihr stand.

»Was wollen Sie von mir, wo bin ich? Bitte tun Sie mir nichts! Wenn Sie mich gehen lassen, dann verrate ich keinem etwas davon«, schluchzte sie und warf ihren Kopf angsterfüllt hin und her.

»Ach, meine Schöne, du willst gehen?«

Lucy nickte heftig und sah ihn hoffnungsvoll an.

»Tut mir leid, wir haben noch viel zusammen vor. Aber ich verspreche dir, es wird dir gefallen.«

Der Peiniger stapfte auf den Holztisch zu. Gleich darauf schob er den silbernen Servierwagen zu ihr und weidete sich an ihrer Angst, als sie sah, was dort lag. Liebevoll strich er über die großen Nadeln, als würde er seinen Kindern über den Kopf streichen.

»Was … was wollen Sie damit? Bitte lassen Sie mich gehen.« Lucy zitterte und versuchte wiederholt, die Fesseln loszuwerden. »Tun Sie mir nicht weh.«

Sein Gesicht verzerrte sich vor Wut. »Dir nicht wehtun? Wer hat *mich* denn gefragt, ob man *mir* wehtun sollte? Als man *mir* die verdammten Nadeln in den Körper gestoßen hat. Und du hast mir nicht geholfen!«

113

»Aber … ich kenne Sie doch gar nicht.«

Er sprach weiter, als hätte er sie nicht gehört. »Immer lauerten sie mir auf. Haben mich gestochen, mich gehänselt und gedemütigt. Und du hast mir nicht geholfen. Du hast mich einfach im Stich gelassen, Susan.«

Lucy zuckte zusammen. »Susan? Wer ist Susan? Ich heiße Lucy, Sie haben die falsche Frau«, stieß sie erleichtert hervor.

Aber er schien sie nicht zu hören.

Ihre Schreie rissen ihn aus seiner Lethargie. Mit einer Nadel strich er ihr liebevoll über den Bauch, sah, wie sie zusammenzuckte und auf den Stich wartete. Aber er zog weiter nur mit der Spitze über ihren Körper. Lucys Haut überzog sich mit einer Gänsehaut und sie schloss die Augen.

»Ach, meine Schöne friert, dann wollen wir dich ein wenig aufwärmen.« Sie hörte ein Zischen und riss die Lider auf. Die Flamme des Bunsenbrenners fauchte wie ein gefangenes, wildes Tier.

»Bitte nicht, was haben Sie vor?« Eine Träne lief ihr aus dem Augenwinkel in ihre gelockten dunklen Haare. »Ich tue alles, was Sie wollen«, flüsterte sie angsterfüllt.

»Ich weiß, alle tun immer, was ich will, wenn sie hier liegen. Aber keine Angst, es wird dir gefallen.« Langsam stieß er die heiße Nadel Millimeter um Millimeter in ihren Körper. Ein höllischer Schmerz durchzuckte Lucy – und sie schrie. Versonnen lächelte ihr Peiniger. »Siehst du, das gefällt dir doch. Wir werden viel Spaß zusammen haben an diesem Wochenende.«

Kapitel 6

»**N**och keine Vermisstenmeldung von einer Krankenschwester?« Steven stellte zwei dampfende Kaffeebecher auf den kleinen Tisch an Deck.

Ryan checkte sein Handy. »Bis jetzt nicht. Vielleicht hat er aufgehört.«

»Die Hoffnung stirbt bekanntlich zuletzt. Wenn er erneut eine Krankenschwester hat, die wenig soziale Kontakte pflegt, kann es gut möglich sein, dass sie nicht vermisst wird«, seufzend fuhr sich Steven durch die dunkelblonden Haare und sah sich auf dem Boot um. »Irgendwie wird mir der Kahn fehlen, ich habe mich an das Schaukeln beim Einschlafen gewöhnt.«

»Es ist gemütlich hier, aber das Haus deiner Eltern ist nicht zu verachten. Viel Platz, direkt am Meer, eine grandiose Aussicht. Ich würde sofort mit dir tauschen«, schwärmte Ryan.

»Stimmt, ein fantastisches Haus und heute, in dieser Lage, unbezahlbar. Und, am wichtigsten, es gibt mir mehr Zeit für die Suche nach einer neuen Wohnung.«

Ryan blies in die dampfende Tasse. »Ich beneide deine Eltern. Einfach losfahren, kein Stress und ohne Ziel. Das könnte ich mir auch vorstellen«, sinnierte Ryan.

»Tja, bis du soweit bist, musst du leider noch dreißig Jahre arbeiten«, spottete sein Freund.

Steven nahm die Akte zur Hand, die vor ihm auf dem Tisch lag. »Dieser Fall setzt mir wirklich zu. Wir haben keine Anhaltspunkte, niemand hat etwas gesehen, nicht den Hauch einer Spur«, missmutig legte er die Papiere auf die gepolsterte Bank. »Melanie Scott war ein unbeschriebenes Blatt, nett, freundlich. Keine Einträge in den sozialen Netzwerken, minimale Kontakte außerhalb des Gesundheitszentrums. Es gibt praktisch null Informationen über sie. Das gibt es doch gar nicht«, verwundert schaute Steven seinen Partner an, »ich meine, hast du je einen Menschen getroffen, über den es so wenig zu sagen gab?«

Nachdenklich zog Ryan die Augenbrauen zusammen. »Eigentlich tragisch, wenn man darüber nachdenkt. Da gehst du von dieser Welt und es bleibt nichts von dir übrig.«

Beide hingen einen Moment ihren Gedanken nach. Steven brach das Schweigen. »Der Täter hat uns nichts hinterlassen. Alle gefundenen Materialien gibt es in jedem Baumarkt oder Bastelgeschäft. Verdammt, wir haben keinen Schimmer, wo wir ansetzen sollen.« Gereizt stand er auf und tigerte auf dem kleinen Boot hin und her.

»Setz dich hin, du machst mich ganz nervös«, zischte Ryan. Das Boot schaukelte leicht, als Steven sich auf die gepolsterte Bank warf.

Ryan schlug mit der Faust darauf. »Das heißt, wir stehen immer noch am Anfang. Keine DNA, keine Fingerabdrücke, die Utensilien für die Nadeln und die Puppe kann man nicht rückverfolgen, keine Augenzeugen. Nada.« Er nahm den Kaffeebecher in die Hand. »Sag Bruder, hast du nicht etwas Stärkeres als diese Brühe?« Steven öffnete die Kühlbox neben der Bank und zog zwei Flaschen Bier hervor. »Meinst du so was?«, meinte er verschmitzt. Das Leuchten in den Augen seines Partners zeigte, dass er ins Schwarze getroffen hatte.

Kapitel 7

Susan schlug um sich und versuchte, ihre gefesselten Beine zu befreien. Verzweifelt zerrte sie an den Seilen und schoss hoch. Schweißüberströmt und keuchend stellte sie erleichtert fest, dass nur das Leintuch sich um ihre Waden verheddert hatte. Susan legte ihre Hand auf das rasende Herz und atmete mehrmals tief ein und aus. Ihr Atem und der Herzschlag normalisierten sich allmählich.

»Nur der Albtraum«, flüsterte sie erleichtert.

Sie strich ihr feuchtes Haar aus dem Gesicht und tastete nach dem Wecker auf dem Nachttisch. Erst fünf Uhr morgens, aber sie wusste, dass sie jetzt nicht mehr einschlafen konnte.

Entschlossen schwang sie ihre Beine aus dem Bett und trat ins angrenzende Badezimmer. Ihre Augen starrten ihr mit blankem Entsetzen aus dem Spiegel entgegen. Sie unterdrückte die aufsteigenden Tränen.

Der Traum war wirklich zurück.

Nach mehr als einem Jahr und schlimmer als je zuvor. Susan streckte ihrem Spiegelbild die Zunge heraus, straffte die Schultern und stieg in die Dusche. Das heiße Wasser rann über ihren Körper und wusch die letzten Schrecken des Traumes ab. Erschöpft legte sie den Kopf an die Kacheln und ihre Tränen vermischten sich mit dem herunterströmenden Wasser.

Susan trat aus der Dusche und nahm das flauschige Handtuch. Energisch schrubbte sie über die Haut.

Gedankenverloren lief sie in die Küche, wo Sunny schon ungeduldig auf sie wartete. »Na, meine Süße, hast du gut geschlafen?« Die Katze strich ihr um die Beine, während sie das Futter in die Schale löffelte. »Hier, du Frechdachs, lass es dir schmecken.« Sie schenkte sich eine Tasse Kaffee ein und startete ihren Computer.

Vielleicht war ja eine Nachricht von Cathy da. Enttäuscht schloss sie den Laptop: Nichts!

Sie streckte sich, stand auf, trat zur Terrassentür und zog den Vorhang zur Seite.

Laut scheppernd zerschellte die Tasse am Boden.

An einem der Bäume hing ein Gegenstand, den sie nur zu gut kannte. Wie gelähmt betrachtete sie die mit Nadeln gespickte Voodoopuppe.

Eine Hand über dem Mund sprang sie zur Toilette. Würgend erbrach sie, bis nur noch bittere Galle kam. Sie fuhr mit der Hand über den Mund und bemerkte, dass ihre Wangen feucht von ihren Tränen waren. Sie schloss die Augen. *Ich stehe das nicht noch einmal durch. Ich kann nicht mehr. Wie hat er mich nur gefunden?*

Susan kam mühsam vom Boden hoch. Zitternd stand sie vor dem Waschbecken und spülte den Mund mit Wasser aus, hob den Kopf und sah in den Spiegel. Entschlossenheit trat in ihre Augen. »Ich laufe nicht wieder weg. Und wenn ich bei der Polizei auf dem Boden kampieren muss, sie werden mir zuhören und helfen.«

Ein Ruck ging durch ihren Körper. Sie lief in ihr Schlafzimmer und zerrte eine Kiste aus ihrem Schrank, die sie völlig verdrängt hatte. Sie öffnete sie und nahm ein Foto in die Hand. Wieder würgte sie, als sie es betrachtete. Tief atmete sie durch, lief in den Garten und riss die Puppe vom Baum. Sie packte beides in ihren Rucksack und schob ihr Rad nach draußen. Energisch trat sie in die Pedale Richtung Innenstadt zur Polizei.

Montag, 2. Mai, 5:45 Uhr

Steven klopfte ungeduldig mit den Fingern auf die Platte der Kombüse. Der Kaffee schien heute besonders lange zu brauchen. Ruhelosigkeit gehörte normalerweise nicht zu seinen Untugenden, jedoch hatte ein ungutes Gefühl ihn schon früh aus dem Bett getrieben. Kurz vor sechs Uhr und er wusste, es würde ein Tag folgen, der nicht so laufen sollte, wie man es sich wünschte. Er fühlte sich, als wären ihm die Hände gebunden. Als könnte er nicht aufhalten, was passieren würde. *Wir müssen eine Spur finden, es dürfen nicht noch mehr Frauen sterben.*

Steven nahm die Kaffeekanne und schenkte sich eine Tasse ein. »Scheiße«, er stellte alles ab und trank schnell einen Schluck kaltes Wasser. Die Lust auf Kaffee war ihm vergangen. Er nahm die Autoschlüssel und verließ das Boot.

Kurze Zeit später parkte Steven seinen Wagen und lief mit langen Schritten die wenigen Stufen zum Eingang des Polizeigebäudes hoch. Die Sonne verdrängte langsam die kühle Luft und es schien ein wunderbarer Tag zu werden. Steven trat durch die Glastür und hörte einen wütenden Schwall von Worten. Der junge Officer hinter dem Tresen kam gegen die temperamentvolle Frau mit den dunklen Locken und den blitzenden grünen Augen nicht an. Ein amüsiertes Lächeln stahl sich in sein Gesicht und er betrachtete die ansehnliche Gestalt, die dort stand. Die langen, schlanken Beine steckten in engen Jeans und das weiße Shirt schmiegte sich an die schmale Taille. Steven riss seinen Blick von ihr los und sah in das verzweifelte Gesicht des Polizisten. *Dann wollen wir den armen Jungen mal befreien.*

»Was ist hier los?« Seine Stimme übertönte die lauten

Worte der Frau. Diese drehte sich erschrocken um und starrte ihn an.

Steven kam langsam auf sie zu. Er zwang sie, ihm in die Augen zu sehen, und es funktionierte, ihr hektischer Atem wurde ruhiger.

»Detective Steven Colby, was ist denn hier los?«, forderte er abermals energisch eine Antwort.

Die Frau holte Luft. »Ich versuche, diesem Officer klarzumachen, dass ich Hilfe brauche. Ein Stalker hat mich wiedergefunden und wird mir das Leben zur Hölle machen wie schon vor ein paar Jahren. Und das lasse ich nicht mehr zu. Er soll mir nicht mehr …«

Steven hob die Hand, um ihren Redeschwall zu unterbrechen. »Langsam, eins nach dem anderen. Worum geht es hier, ich verstehe kein Wort.«

Susan hielt ihm ein Foto und die widerwärtige Puppe hin. »Das bekam ich von einem Stalker in New York und Chicago. Und heute früh habe ich eine in meinem Garten gefunden, aufgehängt an einem Baum. Das versuche ich dem Officer seit einer Ewigkeit zu erklären.«

Steven starrte die Frau fassungslos an. »New York und Chicago?«, brachte er mühsam hervor.

Susans Miene ließ ihn verstummen. »Sind denn hier alle schwer von Begriff? Das habe ich doch gerade gesagt. Gibt es denn hier niemanden, der halbwegs Verstand hat und mir helfen kann?«

Steven nahm ihren Ellbogen und dirigierte sie sanft vom Empfang weg. Der Officer warf ihm einen dankbaren Blick zu. Susan folgte ihm, riss dann jedoch ihren Arm weg. Ihre grünen Augen schossen Blitze und ihr Kinn bebte. »Was soll das, bin ich verhaftet?«

»Bitte atmen sie tief durch«, sagte Steven und schaute ihr in die Augen. Die Frau wollte gerade zu einer heftigen Antwort ansetzen, als ihr Gegenüber eine Augenbraue nach oben zog. Mehrmals sog Susan Luft in ihre Lungen.

»So ist es doch schon viel besser. Darf ich mich vorstellen? Detective Steven Colby.« Er hielt ihr die Hand hin. Nach einigem Zögern nahm sie sie und ein warmes Gefühl durchflutete ihn.

»Susan Wright. Entschuldigen Sie, normalerweise bin ich ganz vernünftig. Aber ich kann nicht fassen, dass er mich gefunden hat.« Ihre Stimme bebte beim letzten Satz.

Steven legte ihr beruhigend eine Hand auf die Schulter. »Kommen Sie, wir gehen nach oben. Ich denke, es gibt noch mehr Leute, die hören möchten, was Sie zu erzählen haben.« Er führte sie zum Fahrstuhl und drückte auf den Knopf.

»Detective?« Der Officer kam auf ihn zu, mit einer Postsendung in der Hand. »Das hätte ich beinahe vergessen, das hier wurde von einem Kurier für sie abgegeben.« Er drückte dem verdutzten Steven das Paket in die Hand. Dieser betrachtete es, als hätte man ihm eine Giftschlange übergeben. Gleichzeitig öffnete sich die Fahrstuhltür und sie stiegen ein. Im zweiten Stock führte er sie durch das Großraumbüro direkt zum Chief. Er klopfte an die Tür und eine harsche Antwort erklang. Er öffnete und schob Susan hinein. »Chief, ich denke, Mrs Wright hat uns etwas zu erzählen, das uns interessiert.« Er legte das Foto und die Puppe vor seine Vorgesetzte.

»Ich habe auch ein neues Geschenk bekommen«, informierte er und legte, das ungeöffnete Paket auf den Schreibtisch. Susan beobachtete den stummen Austausch zwischen den beiden. Die Frau hinter dem Pult sah nun direkt zu ihr.

»Warum sehen Sie mich so an?«, fragte Susan kämpferisch.

»Entschuldigen Sie, Diana Abott.« Sie streckte der Besucherin die Hand hin, die diese ohne Zögern nahm. »Bitte setzen Sie sich, wir erklären Ihnen gleich, worum es geht, zuerst haben wir ein paar Fragen an Sie.« Susan setzte sich auf den Stuhl, froh, ihre wackligen Beine nicht mehr zu belasten.

»Ich verstehe das alles nicht, es geht doch bloß um einen Stalker, warum bin ich hier bei der Mordkommission gelandet?«

Steven, der kurz vor der Tür war, drehte sich um. »Nur ein wenig Geduld, wir sind gleich soweit.« Er trat vor die Tür und rief nach Ryan. Gleichzeitig rief er Agent Reynolds auf dem Handy an, der sich bereits vor dem Revier befand. Ryan trat ins Büro.

»Gut, das du da bist. Wir haben eine Besucherin im Büro des Chiefs, das wird dich interessieren. Komm mit.« Neugierig folgte Ryan ihm ins Büro.

Susan blickte verdutzt in die Runde.

»Solch ein Aufwand für einen Stalker? Ist das nicht ein wenig übertrieben?« Ein verunsichertes Lächeln überzog ihr Gesicht.

»Entschuldigen Sie, Mrs Wright, aber Ihre Informationen könnten für uns wichtig sein. Ein paar Minuten Geduld, dann können wir beginnen«, informierte Chief Abott. In diesem Moment betrat Paul ganz außer Atem das Büro.

»Bevor wir Ihnen sagen, worum es uns geht, erzählen Sie uns, was es mit dem Stalker auf sich hat und woher

Sie diese Puppen haben«, forderte Steven sie auf. Alle Gesichter wandten sich ihr zu. Völlig verunsichert von der Situation strich sie sich eine Locke hinter das Ohr. Steven beobachtete fasziniert ihre Bewegungen. Er setzte jedoch ein unbeteiligtes Gesicht auf und wartete auf die Erklärung von Susan. Diese räusperte sich verlegen.

»Es begann vor vier Jahren in New York. Ich habe dort in einer Notaufnahme als Krankenschwester gearbeitet.« Köpfe ruckten hoch und ein Gemurmel setzte ein. Die ungeduldige Handbewegung von Chief Abott ließ alle verstummen. Sie bedeutete Susan fortzufahren.

»Es fing alles ganz harmlos an. Ich bekam kleine Geschenke, die in der Klinik für mich abgegeben wurden. Blumen, Pralinen, Gedichte, ganz normale Dinge. Ich habe mir nie etwas dabei gedacht, ich wusste auch nicht, von wem sie sind.« Heftig schluckte sie, als sie in die Vergangenheit zurückging. Sah aus dem Fenster und war plötzlich zurückversetzt in jene Zeit.

»Wir haben uns amüsiert und versucht herauszufinden, wer der heimliche Verehrer sein könnte. Mit der Zeit wurden die Briefe immer seltsamer.«

Steven sah sie an. »Was meinen Sie damit?«

»Sie wurden … zorniger. Als wäre er böse, dass ich nicht wüsste, wer er war. Ich habe dann angefangen, die Geschenke nicht mehr anzunehmen, sondern habe den Empfang angewiesen, sie direkt dem Sicherheitsdienst zu übergeben. Mit der Zeit habe ich ihn völlig vergessen. Irgendwann hatte ich dann das Gefühl, dass jemand in meiner Wohnung war. Ich konnte es nicht beweisen, es handelte sich nur um kleine Dinge. Eine Schublade, die nicht ganz geschlossen war, oder eine Vase, die nicht mehr am gleichen Platz stand. Die Polizei meinte, dass ich mir das einbilden würde.«

Steven zog eine Augenbraue hoch. »Sie haben die Polizei informiert?«

»Natürlich, aber sie konnten mir nicht helfen. Sie meinten, ich soll die Schlösser auswechseln, damit war der Fall für die erledigt. Das habe ich dann auch gemacht und danach war alles gut, bis ich eines Abends nach Hause kam und die Telefonanrufe anfingen. Dauernd klingelte es, aber niemand war dran. Ich hörte am anderen Ende jemanden atmen, bekam aber keine Antwort. Erneut informierte ich die Polizei und man riet mir, die Telefonnummer zu wechseln. Auch das habe ich getan und die Anrufe hörten auf.« Susan strich eine Strähne aus dem Gesicht. Aufgewühlt schloss sie die Augen, atmete tief ein und fuhr fort. »Eines Morgens öffnete ich die Wohnungstür und fand eine Rose und einen Brief vor meiner Tür. Ich wusste sofort, von wem sie waren. Das Schreiben war voller Hass, weil ich die Schlösser ausgewechselt und die Telefonnummer geändert hatte. Ich brachte ihn zur Polizei, doch die gaben mir nur gute Tipps und haben mich nach Hause geschickt.«

»Das ist doch nicht zu fassen.« Chief Abott konnte nicht glauben, was sie da hörte. »Und dies in der heutigen Zeit, wo man weiß, wozu ein Stalker fähig ist.«

Susan nickte. »Genau das dachte ich auch. Aber nach diesem Besuch bei der Polizei wusste ich, dass man erst etwas unternehmen würde, wenn ich tot wäre. Die einzige Lösung, die mir blieb, war umzuziehen. Ich wollte auch nicht, dass Cathy, meine damalige Mitbewohnerin und Freundin, mit reingezogen wurde.«

Sie hörte einen scharfen Atemzug hinter sich und drehte

den Kopf. Agent Reynolds presste die Lippen zusammen. »Ist ihre … ist Cathy noch in New York?« Steven schaute Paul wissend an.

»Sie arbeitet immer noch im selben Krankenhaus. Ich habe nur wenig Kontakt mit ihr. Ich wollte nicht, dass sie sich zu viel Sorgen macht oder dass ihr etwas passiert.«

»Weiß denn Cathy, wo sie jetzt sind?« Steven schaute sie aus seinen warmen Augen an.

»Sie ist die Einzige, die weiß, wo ich bin. Außer natürlich Sam und Michelle, sie kennen meine Geschichte auch. Warum wollen Sie das wissen?«

Chief Abott unterbrach sie geschickt. »Wer sind denn Sam und Michelle?«

»Sam ist mein Chef bei Adventure Tours und Michelle ist seine Frau. Ihnen habe ich die ganze Geschichte erzählt.« Susan räusperte sich. »Ich bin umgezogen und niemand außer der Verwaltung im Krankenhaus und Cathy kannte meine neue Adresse.« Steven schaute die Frau mitfühlend an. *Sie wird zusammenbrechen, wenn sie hört, was mit ihrer Freundin passiert ist.* Er konzentrierte sich auf die Worte von Susan.

»Eine Weile war alles okay. Ich habe immer geschaut, dass mich niemand verfolgt. Es war keine angenehme Zeit, das können Sie mir glauben. Ich hatte Angst, aus dem Haus zu gehen und zuckte bei jedem Geräusch zusammen. Aber alles blieb ruhig. Dann fing ich an, mit Jim, einem Arzt, auszugehen. Ich fühlte mich sicherer und habe nicht mehr auf meine Umgebung geachtet. Eines Tages, ich hatte Nachtschicht, brachte der Krankenwagen einen Mann, der zusammengeschlagen worden war. Es war Jim.« Susan schluckte bei dem Gedanken an ihn. »Er sah furchtbar aus und hatte schwere Verletzungen. Die Polizei ging von einem Raubüberfall aus. Aber, als ich am Morgen danach nach Hause kam, wusste ich es besser.« Susan schaute zu Steven, der sie wissend ansah. Er nickte ihr aufmunternd zu.

»Ich schloss die Wohnungstür auf und trat ein. Ich hatte sofort ein komisches Gefühl. Ich betrat die Küche und sah eine Rose und einen Zettel auf meinem Tisch.« Susan stockte.

»Was stand darauf?«, fragte Paul.

»Du gehörst mir allein und jeder, der dich mir wegnehmen will, wird es büßen. Wir werden bald vereint sein, meine Schöne.«

Es wurde ruhig im Raum. Es schien, als hätten alle für einen Moment den Atem angehalten. Alle konnten sich denken, wie es weiterging. Trotzdem fragte Ryan nach, um die beklemmende Stille zu durchbrechen. »Und danach?«

Susan schreckte auf. »Ich habe meine Sachen gepackt und bin weggelaufen, nach Chicago. Ich wollte weg aus New York und allen, die mir etwas bedeuteten. Dass noch jemand zu Schaden kam, hätte ich nicht ertragen können.«

»Aber auch in Chicago hat er sie aufgespürt?«, bemerkte Chief Abott.

»Es hat einige Zeit gedauert, aber ja, er hat mich gefunden. Ich hatte den Fehler gemacht, wieder in einem Krankenhaus zu arbeiten. Und es schien, als wäre Chicago nicht weit genug weg gewesen. Danach wollte ich weiter fort und bin an die Westküste gekommen. Unterwegs habe ich das Stelleninserat von Adventure Tours im

Internet gefunden. Es schien genau das Richtige zu sein. Ich klettere für mein Leben gern und dieser Job gab mir die Gelegenheit, den Krankenhäusern fernzubleiben. Ich dachte, ich hätte es diesmal geschafft, aber es scheint, das war ein Trugschluss.«

Erschöpft beendete Susan ihren Bericht. Sie schaute in betroffene Gesichter und straffte die Schultern.

»Sie kennen jetzt meine Geschichte. Und nun möchte ich endlich wissen, was hier los ist. Sie können mir nicht erzählen, dass Sie eine ganze Kavallerie wegen eines Stalkers auflaufen lassen.« Sie schaute in die Runde und ihr Blick blieb bei Steven hängen. Dieser sah zu Chief Abott, die ihm zunickte.

»Mrs Wright.«

»Susan, bitte.« Steven nickte ihr zu.

»Susan. Stimmt, es geht hier nicht nur um eine Stalking-Geschichte. Wir haben sechs ungeklärte Morde an Frauen, alles Krankenschwestern.« Sie sah ihn fragend an und erwiderte: »Was ... hat das mit mir zu tun?«

Steven sah sie an, seine warmen braunen Augen sollten ihr dabei helfen, sich zu entspannen. »Da ist noch etwas anderes. Wir haben, genau wie Sie damals, ein Paket mit einer Puppe erhalten.« Er ließ Susan Zeit, die Worte zu verdauen. »Und alle Opfer sahen aus wie Sie.« Entsetzt schnappte sie nach Luft, konnte nicht glauben, was sie da hörte.

Ryan reichte Steven ein Foto.

»Susan?«, behutsam tippte er ihr auf die Schulter, »sind Sie in der Lage, sich ein Foto anzusehen?« Sie nickte und schluckte heftig. Steven hielt ihr ein Foto von Melanie Scott entgegen. »Kennen Sie diese Frau?«

Susan stockte der Atem. »Sie sieht mir ja wirklich sehr ähnlich. Aber nein, ich habe sie nie gesehen.«

»Susan?« Agent Reynolds lenkte ihre Aufmerksamkeit auf ihn.

»Wir haben Opfer in New York und Chicago. Weitere in Las Vegas und Los Angeles und nun hier in San Rafael.«

Steven bemerkte genau, wann ihr die Worte von Paul ins Bewusstsein kamen. »Er ist mir gefolgt?« Sie sah fassungslos in die Runde. Hoffte, eine Person zu finden, die lachte und sagte, dass alles nur ein Spaß sei. Sie blieb bei Steven hängen, der sie mit ernstem Miene ansah.

»Bevor Sie heute hierherkamen, tappten wir völlig im Dunkeln. Wir hatten keine Ahnung, weshalb er quer durch Amerika reiste und hier in San Rafael gelandet ist.« Paul sah, wie sie erstarrte.

»Warum tut er das? Was habe ich ihm getan?«, fragte sie Steven traurig.

»Wir haben gehofft, dass Sie uns das sagen könnten. Wir haben keine Ahnung, warum er diese Frauen getötet hat und was er von ihnen will.«

Panisch blickte sie zu Paul. »Sie haben gesagt, es gibt ein Opfer in New York. Wer ist es?« Steven drückte ihre Schulter und sie sah in seinen Augen die Antwort. Tränen liefen ihr über die Wangen. »Nicht Cathy«, schluchzte Susan, »darum konnte ich sie nicht erreichen.«

»Susan«, rief Steven leise ihren Namen. Er hob ihr Kinn mit einem Finger an, zwang sie, ihn anzusehen. »Ihre Freundin wurde überfallen, aber sie hat überlebt.«

Erleichtert ließ sie die Schultern fallen. »Gott sei Dank, Cathy lebt, es geht ihr gut. Es geht ihr doch gut,

oder?« Sie blickte in seine Augen, war ganz auf ihn konzentriert.

»Ihre Freundin liegt seit dem Überfall im Koma. Niemand weiß, wann sie aufwacht«, informierte er sie.

Die Tränen, die versiegt waren, begannen erneut zu laufen. Sie hatte keine Kraft mehr und ließ ihren Kopf nach
vorne fallen. Steven legte einen Arm um sie und wiegte sie
sanft hin und her. Mit einem Ruck riss sie sich los. »Ich
muss sofort nach New York, ich muss zu Cathy! Vielleicht
wacht sie auf, wenn sie meine Stimme hört.«

»Tut mir leid, Susan, Sie können hier nicht weg. Viel zu
gefährlich«, widersprach er energisch.

»Zu gefährlich?« Susann sprang aus dem Stuhl auf und
warf die Hände in die Luft. »Sie können mich hier nicht
festhalten, ich will jetzt sofort nach New York!«

»Was, wenn er Ihnen folgt? Damit gefährden Sie auch
Cathy.« Stevens eindringliche Stimme brachte sie zurück.
Er konnte den Schmerz in ihren Augen sehen. »Aber ich
muss ihr doch helfen.« Erschöpft ließ sie sich auf den
Stuhl zurückfallen.

»Wie wäre es, wenn Sie im Krankenhaus anrufen und
mit ihr reden? Man könnte den Hörer an ihr Ohr halten
und Sie können mit ihr kommunizieren. Ich habe gelesen,
dass das schon mal funktioniert hat.« Paul zuckte mit den
Schultern über die ungläubigen Blicke, die sein Einwand
mit sich brachte.

Susan sah Paul dankbar an. »Das könnte funktionieren,
vielen Dank.«

Stevens Handy klingelte. Alle verstummten und er
nahm das Gespräch an. Er hörte zu und sein Blick fiel auf
das Paket, welches immer noch ungeöffnet auf dem Tisch

lag. Er ließ das Telefon sinken und sah in die Runde. »Wir haben eine weitere Leiche.« Stille senkte sich über den Raum. Chief Abott sah nacheinander in die Gesichter der Anwesenden. »Ich rufe Helen und Marc, sie werden Mrs Wright nicht aus den Augen lassen.« Steven nickte ihr dankend zu und drehte sich zu Ryan und Paul.

»Lasst uns fahren«, rief er und stand auf. »Susan, ich komme später vorbei. Tun Sie einfach alles, was die Polizisten Ihnen sagen. Okay?« Sie nickte ihm bestürzt zu.

»Was haltet ihr von der Sache?«, fragte Ryan seine beiden Kollegen.

»Einiges fügt sich nun zusammen. Die Frauen in den anderen Städten scheinen tatsächlich stellvertretend für Susan zu stehen. Und das beantwortet auch die Frage, warum er in San Rafael aufgetaucht ist«, erwiderte Paul.

»Aber wir wissen immer noch nicht, wer er ist, oder warum er hinter ihr her ist«, erinnerte Steven die beiden und stoppte den Wagen neben dem Van der Spurensicherung.

Mani kam bereits auf sie zugelaufen.

»Dasselbe, eine gespickte Frau mit Nadeln. Aufgehängt und wunderbar präsentiert wie die Letzte.«

»Wieso wurde sie so spät gefunden, hier sind doch hunderte von Schülern auf dem Platz?« Steven sah sich um, nirgendwo war eine Leiche zu sehen.

»Er hat sie im Geräteraum der Turnhalle drapiert. Die erste Sportstunde fängt heute am Nachmittag an, daher hat man sie erst jetzt gefunden«, informierte Mani.

Sie durchquerten den abgesperrten Bereich. Unzählige Schüler standen am gelben Band und versuchten, einen Blick auf die Vorkommnisse zu erhaschen. Bereits beim Betreten der Halle kam ihnen ein ekelerregender süßlicher Geruch entgegen. Der Geräteschuppen befand sich am anderen Ende und sie liefen zügig darauf zu.

Ein halbes Dutzend Leute von der Spurensicherung traten sich in dem kleinen Raum fast auf die Füße. Steven blieb am Eingang stehen, um das ganze Bild aufzunehmen. Barren, Schwebebalken und Turnböcke standen in

Reih und Glied. Gymnastikmatten und verschieden große Bälle lagen säuberlich in den Regalen.

Die Frau hing in der Mitte des Raumes mit gefesselten Armen an der Decke, die Beine züchtig übereinandergeschlagen. Ihre dunklen Locken umschmeichelten das Gesicht und die gebrochenen Augen starrten ins Nichts. In ihrer Brust steckte eine große Nadel mit einer silbernen Rose, sowie zwei kleinere in jeder Brustwarze. Wie auch bei Melanie Scott waren viele Nadeln mit farbigen Köpfen über Bauch und Gesäß verteilt. Am Boden verstreut – rote Rosenblätter. Wenn man davon absah, dass die Frau tot war, erinnerte die Inszenierung an ein Kunstwerk.

Das Klicken einer Kamera, riss ihn aus seinen Gedanken. Nun hörte er auch die Stimmen von Ryan und Doc Lang.

»Wie bei der ersten Frau. So wie ich es bis jetzt sehen kann, derselbe Tathergang.« Amanda schüttelte den Kopf. Ryan umrundete die Leiche. »Wurde sie auch vergewaltigt?«

»Sie hat Hämatome an den Oberschenkeln, daher denke ich ja. Aber Genaueres kann ich Ihnen erst nach der Obduktion sagen.«

»Todeszeitpunkt?«, richtete Steven seine Frage an Amanda.

»Ungefähr gestern zwischen zwanzig und dreiundzwanzig Uhr.«

»Derselbe Zeitpunkt. Weiß jemand, wie lange sie schon hier hängt?«

Die Frage war an niemand Besonderen gerichtet. Ethan stand auf und strich sich mit dem Unterarm über das Gesicht. »Am Samstag wurde die Halle zuletzt benutzt, seitdem war keiner mehr hier. Ich denke, wenn die Frau gestern Nacht starb, muss er sie danach hierhergebracht haben. Er wusste, er hatte genug Zeit, um alles herzurichten.«

»Wer hat die Leiche gefunden?«

»Die Sportlehrerin.« Mani schaute auf seine Notizen. »Marlen McArthur. Sie wollte alles für die Sportstunde vorbereiten, da hat sie sie gefunden.«

»Und wo ist sie?« Steven schaute in die Halle, konnte jedoch niemanden sehen.

»Draußen beim Notarzt, man musste ihr ein Beruhigungsmittel geben, sie war völlig außer sich.«

»Das kann ich mir vorstellen. Wissen wir schon, wer die Tote ist?«

»Bis jetzt nicht. Aber sie sieht aus wie das letzte Opfer.«

»Ja«, murmelte Steven, »und wenn es wirklich mit Susan zu tun hat, dann war sie Krankenschwester.«

Die beiden Männer machten sich auf den Weg zur Sportlehrerin und hofften, dass sie schon bereit war, um mit ihnen zu sprechen. Sie traten aus der Halle und blieben einen Moment an der frischen Luft stehen.

Der Krankenwagen stand etwas abseits. Auf den Stufen saß eine Frau mit einer Wolldecke um den Schultern.

»Mrs MacArthur?«, Steven tippte die Frau leicht an. Diese zuckte erschreckt zusammen und stieß einen kurzen Schrei aus.

»Keine Angst, wir sind von der Polizei. Detective Colby, San Rafael Police und Agent Reynolds, FBI. Sind Sie in der Lage, uns ein paar Fragen zu beantworten?«

Die Frau strich mit zitternden Händen über ihr Gesicht. »Entschuldigen Sie bitte. Ich bin normalerweise nicht so schreckhaft.«

»Kein Problem, das ist ja auch keine alltägliche Situation, lassen Sie sich Zeit«, beruhigte Paul die Frau und trat ein wenig zurück. Sie nickte ihm dankend zu.

»Mrs MacArthur, können Sie uns beschreiben, was genau passiert ist?«, fragte Steven behutsam.

Sie räusperte sich. »Ich betrat wie gewöhnlich die Halle, um die Geräte für den Sportunterricht vorzubereiten. Ich schloss mit dem Schlüssel auf und …«

»Moment«, unterbrach Steven sie. »Die Halle war abgeschlossen?«

»Natürlich, sie ist immer verschlossen. Ansonsten hätten wir hier längst keine Geräte mehr.«

»Wer hat alles einen Schlüssel?«

»Es gibt nur einen. Er hängt im Lehrerzimmer, derjenige, der ihn braucht, nimmt ihn dort weg.«

»Sie sind mit dem Schlüssel in die Halle. Und dann?«

»Ich ging bis nach hinten direkt zum Geräteraum. Es roch ein wenig komisch, aber ich habe mir nichts dabei gedacht. In Sporthallen ist das nicht ungewöhnlich. Ich brauchte die großen Bälle aus dem Lagerraum und öffnete die Tür …« Sie stockte und ihre Stimme brach.

»Schon in Ordnung. Haben Sie jemanden gesehen, der nicht auf den Campus gehört?«

»Ich habe ehrlich gesagt nicht darauf geachtet. Ich war spät dran und musste mich beeilen, bevor die Schüler kamen.«

»Mrs MacArthur?« Fragend sah sie Paul an.

»Sind Sie sicher, dass die Tür verschlossen war?«

»Ganz bestimmt.«

»Und das Lehrerzimmer? Ist das auch abgeschlossen?«

»Nachts immer, während des Schulbetriebes ist es offen«, erwiderte sie.

»Vielen Dank. Rufen Sie uns an, wenn Ihnen noch etwas in den Sinn kommt. Und ruhen Sie sich aus. Sollen wir jemanden für Sie anrufen?«

»Mein Mann weiß Bescheid, er sollte jeden Moment kommen.«

Steven und Paul gingen in Richtung ihres Wagens.

»Gleicher Todeszeitpunkt. Wenn es derselbe Mörder ist, dann wurde sie am Donnerstag entführt. Und keine Vermisstenmeldung bis jetzt. Wieder eine Krankenschwester mit wenigen sozialen Kontakten?« Steven drückte auf den Knopf der Fernbedienung und entriegelte den Wagen. Ryan gesellte sich zu den beiden. »Sieht alles genauso aus wie bei Melanie Scott. Bis jetzt auch hier nicht die geringste Spur, sie suchen weiter. Es gibt auch keine Kameras auf dem Schulgelände. Leider.«

»Ryan, ruf Ethan an, sie sollen das Hauptgebäude und das Lehrerzimmer anschauen. Irgendwie muss er ja an den Schlüssel gekommen sein, da es keine Einbruchspuren an der Turnhalle gab.« Ryan zückte sein Handy und trat ein paar Schritte zurück.

Paul räusperte sich. Wir haben also nur vier Tage Zeit, bis er erneut zuschlägt.«

Es kann doch nicht möglich sein, dass jetzt alles von vorn anfängt!

»Susan, geht es Ihnen gut?« Helen sah sie besorgt an.

Sie zuckte zusammen und wurde schlagartig in die Gegenwart geschleudert. »Alles gut«, murmelte sie.

Die Polizistin sah sie weiterhin an.

»Gar nichts ist in Ordnung. Ich habe unglaubliche Angst.« Ein Frösteln überlief sie. »Ich freute mich auf ein normales Leben. Dachte, ich hätte ihn abgeschüttelt, oder er das Interesse verloren. Aber, dass er so viele Frauen getötet hat und ich bin Schuld daran …«

Helen trat auf sie zu. »Das dürfen Sie nicht sagen. Sie trifft keine Schuld. *Er* ist das Scheusal.« Seufzend hob Susan ihre Katze auf, die ihr um die Beine strich. Miauend versuchte Sunny, aus dem festen Griff zu entkommen. »Tut mir leid, habe ich dich zu fest gedrückt?« Susan ließ sie auf den Boden und wandte sich an Marc, der an der Terrassentür stand. »Darf ich Sunny nach draußen lassen?«

Er öffnete die Tür. »Klar, komm, du Stubentiger, raus mit dir.« Freudig zwängte sich die Katze durch den Spalt und hüpfte nach draußen. *Wenigstens eine, die ein unbeschwertes Leben hat.* Susan sah ihr lächelnd nach. »Was wird denn jetzt passieren?«, fragte sie mehr sich selbst als jemand Bestimmten. Marc schloss die Terrassentür. »Machen Sie sich keine Sorgen, Sie haben das beste Team, wir werden ihn kriegen.«

Im selben Moment schrillte die Türglocke und Susan zuckte zusammen. »Gehen Sie in die Küche.« Helen zog ihre Waffe, schlich auf die Tür zu und schaute durch den

Spion. Erleichtert stieß sie den Atem aus, steckte die Pistole weg und öffnete.

»Helen, alles in Ordnung hier?« Steven kam herein, sah sich suchend um und erblickte Susan verängstigt in der Küche. Er sah, wie eine leichte Röte ihre Wangen überzog. Seine Kollegin riss ihn aus den Gedanken. »Alles ruhig bis jetzt. Wir sind dann weg. Eine Streife wird für den Rest der Nacht vor dem Haus stehen und ein weiterer Officer im Garten.« Helen und Marc zogen ihre Jacken an und begaben sich Richtung Tür.

»Einen Moment«, rief Susan. Die beiden blieben stehen. »Wie Sie wissen, arbeite ich bei Adventure Tours«, alle nickten. »Und morgen habe ich einen Bike-Ausflug den ich führen soll. Was wird damit?«

»Den müssen Sie ausfallen lassen. Sie können nicht in der Weltgeschichte herumfahren ohne Schutz«, sagte Steven mit fester Stimme.

»Aber ich kann das jetzt nicht mehr absagen, wir brauchen den Auftrag und Sam kann ihn nicht übernehmen«, flehend sah sie zu Steven. »Nur diesen einen Ausflug, es wird sicher nichts passieren. Es sind ja mehrere Leute dabei.«

»Absolut unmöglich. Wir können Sie so nicht schützen. Ihr Chef muss das wohl oder übel anders lösen.«

Resigniert schloss Susan die Augen und atmete ein. »Gut, ich rufe Sam an.« Steven wandte sich zu den zwei Detectives um und nickte ihnen zu. »Vielen Dank, ich werde noch einen Moment hier sein. Wir sehen uns später.«

Susan räusperte sich. »Wie soll es jetzt weitergehen? Ich kann mich nicht immer hier drin verkriechen.«

»Nur bis wir den Kerl haben.« Steven schaute sich im Zimmer um. »Wie sicher ist diese Wohnung?«

»Ich habe eine Alarmanlage, sie ist mit der Tür und den Fenstern verbunden. Versucht jemand reinzukommen, wird ein Alarm ausgelöst, der direkt einen Notruf an die Sicherheitsfirma sendet.«

Sie schloss die Tür und schob die drei Riegel vor. »Normalerweise schalte ich die Anlage erst ein, wenn ich zu Bett gehe. Das werde ich jetzt ändern.«

»Unbedingt. Sie sollten sie immer eingeschaltet lassen.« Sie traten in den Wohnraum und Steven betrachtete neugierig ihre Wohnung. Klein, aber warm und gemütlich. Über den Holzboden hatte sie flauschige Teppiche ausgelegt. Ein behaglich aussehendes Sofa stand an der linken Wand und ein verschlissener Polstersessel in der Mitte. Von diesem Sessel aus überblickte man den hübschen Garten. Susan ging in die offene Küche, die mit einer Bar gegen das Wohnzimmer abgetrennt war.

»Darf ich Ihnen etwas zu trinken anbieten?« Bedauernd hob sie die Schultern. »Ich habe allerdings nur Eistee oder Kaffee. Tut mir leid, ich bin nicht zum Einkaufen gekommen.«

»Keine Umstände. Tee wäre super, vielen Dank.«

Susan nahm zwei Gläser aus dem Schrank, füllte sie mit Tee und stellte sie auf die dunkle Platte der Theke. Steven nahm einen Schluck und hoffte, dass das kalte Getränk ihn ein wenig abkühlen würde, denn er brauchte jetzt einen klaren Kopf. Als sie mit der Zunge über die feuchten Lippen strich, drehte er sich schnell zum Wohnzimmer um.

»Sie haben es hier sehr gemütlich. Nur – irgendwie passt der riesige alte Sessel nicht richtig ins Bild.«

Hell lachte sie auf. Verdutzt sah er sie an. »Das alte Ding

ist hässlich und völlig verschlissen, das stimmt. Ich habe ihn hier auf einem Flohmarkt gesehen und mich direkt verliebt, wieso kann ich beim besten Willen nicht sagen. Aber ich liebe es, am Abend hier zu sitzen und zu lesen.« Sie strich über den ausgeblichenen Stoff. Interessiert trat er auf ein Regal zu, in dem verschiedene Bücher aufgereiht waren. Sachbücher über Medizin, Outdoor-Aktivitäten und einige Romane, hauptsächlich Krimis. Auf einem der Bretter standen Fotos. Susan mit dem Team von Adventure Tours, ein älteres Foto mit einer Frau, vielleicht ihre Mutter. Ein Foto erlangte seine Aufmerksamkeit, er nahm es in die Hand.

Susan trat zu ihm und der Duft nach frischen Orangen stieg ihm in die Nase. »Cathy und ich vor dem Krankenhaus in New York. Wir hatten eine anstrengende Nachtschicht hinter uns.« Sie stand neben Steven und sah traurig auf das Foto. Die zwei Frauen sahen glücklich aus, als würde ihnen die Welt gehören.

»Sie sehen beide fröhlich aus«, bemerkte er und schaute Susan an. Sie nahm ihm das Foto aus der Hand und strich über Cathys Gesicht.

»Wir haben in dieser Nacht niemanden verloren, das ist selten in der Notaufnahme.« Gedankenverloren stellte sie das Foto ins Regal zurück. »Ich möchte unbedingt mit ihr telefonieren. Meinen Sie, das geht heute noch?« Steven sah auf die Uhr. »Wir versuchen es.« Er nahm sein Handy und wählte eine Nummer.

»Steven Colby hier.« Er hörte aufmerksam zu. »Wir haben leider nichts Neues. Aber ich hätte eine Bitte, Susan Wright möchte gerne mit Cathy Williams sprechen. Könnten Sie im Krankenhaus Bescheid geben, dass wir anrufen, damit man uns zu ihr durchstellt?« Steven nickte und notierte sich einen Namen und eine Nummer, während er dem Angerufenen zuhörte.

»Vielen Dank, ich schulde Ihnen was. Bis dann.«

Er drehte sich zu Susan um, die ihn erwartungsvoll anschaute.

»Wir sollen in einer Viertelstunde im Krankenhaus anrufen, der ermittelnde Beamte sorgt dafür, dass Sie mit ihr reden können.« Susan lächelte ihn dankbar an.

»Danke, das bedeutet mir sehr viel.« Sie standen vor dem Regal und sahen sich an. Sein Herz klopfte rasend schnell und er konnte den Blick nicht von ihr wenden. Eine Frau wie sie hatte er noch nicht kennengelernt. Er bewunderte sie dafür, wie sie das alles bewältigte und das Bedürfnis, sie zu beschützen, war überwältigend. Steven schaute ihr nach, als sie zur Terrassentür ging und diese öffnete, um Sunny hereinzulassen, die wartend vor der Tür saß. »Sie haben es sehr gemütlich hier, ein hübscher kleiner Garten.« Er trat an ihr vorbei und erkundete den Flecken Grün.

»Ich mag es, hier zu wohnen. Es ist zwar klein, aber mit der Grünfläche habe ich ein zweites Wohnzimmer.« Steven ließ die Hängematte schaukeln, die zwischen zwei alten Bäume hing und stellte sich vor, wie sie beide darin liegen würden. Und …

»Detective?«, hörte er Susan, es schien, als hätte sie ihn etwas gefragt. Er räusperte sich und schob das Bild mit der Hängematte zur Seite.

»Entschuldigen Sie, was haben Sie gesagt?«

Sie lächelte ihn an. »Ich fragte, ob wir schon anrufen können.« Er schaute auf die Uhr und nickte. Nahm das

Telefon und wählte die Nummer, die er auf seiner Hand notiert hatte.

»Detective Colby aus San Rafael. Konnte Sergeant Singer mit Ihnen sprechen?« Konzentriert hörte er zu. »Vielen Dank, ich warte darauf.« Er beendete das Gespräch und sah zu Susan. Diese sah ihn enttäuscht an. Er legte ihr eine Hand auf den Arm.

»Man ruft mich in ein paar Minuten aus dem Zimmer von Cathy zurück. Dann können Sie mit ihr sprechen.« Susan schaute zu ihm auf und ein Lächeln überzog ihr Gesicht. Steven verspürte den Drang, sie zu trösten. Er steckte seine Hände in die Hosentaschen und begab sich ins Innere der Wohnung. Er brauchte einen klaren Kopf. Susan war in Gefahr und das sollte das Einzige sein, das zählte. Enttäuscht trat sie einen Schritt zurück, rieb die Arme und drehte sich Richtung Fenster. Das Telefon klingelte.

»Colby? Einen Moment bitte.« Er hielt ihr das Handy hin. »Es ist eine Krankenschwester aus dem Zimmer von Cathy.« Susan nahm ihm das Telefon aus der Hand.

»Susan Wright?« Einen Moment hörte sie aufmerksam zu.

»Danke.«

Sie strahlte ihn an. »Sie legt Cathy den Hörer auf das Kissen, damit sie mich verstehen kann.«

Steven nickte und sie drehte sich von ihm weg.

»Cathy? Cathy, mein Schatz, ich bin es Susan«, sagte Sie mit erstickter Stimme. Er ging in den Garten, um ihr ein wenig Privatsphäre zu lassen. Neugierig folgte ihm Sunny. Er ließ sich auf einen der bequemen Stühle fallen, blitzschnell sprang die Katze auf seinen Schoss und rollte sich zusammen. Geistesabwesend kraulte er sie hinter den Ohren. Es war friedlich in diesem Garten und er fühlte sich sehr wohl, auch in der Nähe von Susan. Trotz der kurzen Zeit hatte er das Gefühl, sie schon ewig zu kennen. Überrascht bemerkte er, dass er keine Lust mehr hatte, alleine zu sein. Und mit ihr konnte er sich ein gemeinsames Leben gut vorstellen. Sie war anders als die Frauen vor ihr. Und genau das gefiel ihm.

»So zutraulich ist sie normalerweise nicht.« Steven sprang erschreckt auf und konnte knapp verhindern, dass Sunny auf den Boden fiel.

»Entschuldigen Sie, ich wollte Sie nicht erschrecken«, sagte Susan lächelnd.

»Kein Problem. Wie ist es gelaufen?«

»Vielen Dank, dass Sie das möglich gemacht haben. Die Schwester meinte, es wäre gut, wenn ich ab und zu anrufen würde.« Susan seufzte. »Ich wäre jetzt so gerne bei ihr.« Steven legte ihr eine Hand auf die Schulter.

»Das kann ich verstehen. Es wird alles gut, Sie werden sehen.« Er zog die Hand weg. »Nun hätte ich noch ein paar Fragen an Sie. Geht das in Ordnung?«

Susan straffte die Schultern. »Sicher, schießen Sie los.«

»Gab es in letzter Zeit jemanden, der Ihnen aufgefallen ist, der Sie beobachtet hat?«

Sie zog die Unterlippe zwischen die Zähne und schüttelte den Kopf.

»Irgendetwas, das anders ist als vor ein paar Wochen? Neue Leute im Geschäft?«

Wieder schüttelte sie den Kopf. »Ach, warten Sie, vor einiger Zeit ist hier ein Mann eingezogen, eine Etage höher. Ein komischer Mensch, unheimlich. Ich habe immer das

Gefühl, er beobachtet mich«, sie schauderte. »Aber das kann auch nur Einbildung sein, ich möchte niemanden falsch verdächtigen.«

»Alles ist wichtig. Wie heißt er?«

»Ich bin nicht sicher, Edwards oder so ähnlich, er wohnt genau über mir.«

Susan runzelte die Stirn. »Da gibt es etwas Eigenartiges, mein Hinterrad ist jeden Tag aufs Neue platt. Als würde mir jemand die Luft rauslassen. Es kann aber auch sein, dass ich nur ein kleines Loch im Schlauch habe. Ich muss das von Leo prüfen lassen.«

»Wer ist Leo?«, hakte Steven nach.

»Er hat den Fahrradladen in der Nähe unseres Geschäftes. Er liefert die Bikes für die Touren. Ein freundlicher Mann, mit dem wir schon länger zusammenarbeiten.« Steven notierte sich den Namen und die Adresse.

»Überlegen Sie, ob etwas in Ihrer Vergangenheit vorgefallen ist. Das kann eine Kleinigkeit sein, völlig unbedeutend. Vielleicht jemanden, den Sie abgewiesen haben, in der Schule oder in ihrer Nachbarschaft. Jedes Detail kann wichtig sein.«

»Das habe ich mir schon so oft überlegt, aber ich werde mich bemühen, versprochen«, sie lächelte ihn an.

»Wo sind sie aufgewachsen?«

»In einem kleinen Ort in der Nähe von New York, Clifton. Nach dem Autounfall meiner Mutter habe ich mich entschlossen, die Ausbildung zur Krankenschwester in New York zu machen. In Clifton hielt mich nichts mehr«, erklärte Susan traurig.

»Das tut mir sehr leid, das muss hart für Sie gewesen sein«, versuchte Steven, sie zu trösten. Auch wenn seine

Geschwister manchmal nervten, konnte er sich nicht vorstellen, keine Familie mehr zu haben.

»Danke. Das ist alles schon sehr lange her. Cathy ist meine Familie und jetzt auch Sam und Michelle. Ich hoffe sehr, dass sie bald aufwacht, ich vermisse sie.« Energisch wischte sie eine Träne weg.

Steven räusperte sich. »Ich muss jetzt weg. Bitte schließen Sie gut hinter mir ab und schalten Sie die Alarmanlage ein. Sollte etwas sein, rufen Sie den Officer im Garten, den ich Ihnen gleich schicken werde.« Steven zog die Riegel an der Tür zurück. Eine Hitzewelle floss durch seinen Körper, als sie neben ihn trat. Wie in Zeitlupe drehte er sich zu ihr um. Ihre strahlenden grünen Augen zogen ihn sogleich in ihren Bann. Langsam beugte er sich zu ihr hin, sie hob ihren Kopf und kam ihm entgegen.

Mit einem Seufzer schloss er seine Lider und trat einen Schritt zurück.

Enttäuschung sprach aus ihren Augen und sie drehte den Kopf weg. Steven legte ihr die Hand an die Wange. »Glaub mir, ich würde nichts lieber tun, aber ich brauche jetzt einen klaren Kopf. Vergiss nicht, wo wir stehen geblieben sind. Sobald wir den Kerl haben …« Susan lächelte ihn an. »Darauf kannst du dich verlassen.« Zärtlich strich er mit dem Daumen über ihre Lippen, ein Versprechen für später.

Seine Hand fiel nach unten und er räusperte sich. »Sollte es Probleme geben, ruf mich sofort an. Und ruf auch deinen Chef an wegen Morgen.«

Susan nickte, er öffnete die Tür und trat in den Gang, dort stand bereits der Officer. Er sprach kurz mit dem Polizisten und schenkte ihr dann ein letztes aufmunterndes Lächeln.

Susan begrüßte den Officer und ließ ihn in die Wohnung. »Ich mache es mir direkt im Garten bequem, bitte schließen Sie die Terrassentür hinter mir ab«, instruierte er sie, während er nach draußen trat.

»Brauchen Sie etwas? Kaffee vielleicht?«

Lächelnd hob er ihr eine Thermoskanne entgegen. »Vielen Dank, meine Frau hat mich bestens versorgt«, schmunzelte er.

»Dann ist ja gut, melden Sie sich, wenn Sie doch noch etwas brauchen. Susan trat zurück und seufzte, sie konnte den Anruf nicht länger hinausschieben.

Ein paar Minuten später legte sie den Hörer auf. Sam war gar nicht begeistert gewesen, auch nicht, dass sie den Grund am Telefon nicht sagen wollte. Enttäuscht hatte er ihre dürftige Erklärung hingenommen. Sie wusste aber auch, dass sie morgen Rede und Antwort stehen musste.

Sie zog die Füße auf die Sitzfläche und kuschelte sich in ihren Lieblingssessel. Ihre Gedanken gingen zu Steven Colby und sie konnte sich nicht daran erinnern, dass schon je ein Mann eine solche Wirkung auf sie hatte. In Jeans und T-Shirt sah er nicht aus wie der typische Polizist, trotzdem strahlte er eine Stärke aus, die sie anzog. In seiner Nähe fühlte sie sich sicher und geborgen. Schon lange hatte ihr Herz nicht mehr so geklopft und die Schmetterlinge in ihrem Bauch standen kurz vor einem Schleudertrauma. Sie lächelte bei dem Gedanken, was daraus werden könnte. *Jetzt müssen wir nur diesen Albtraum beenden!*

In den Fluren des Marin-General-Krankenhauses war es ruhiger geworden. Die Patienten waren für die Nacht versorgt und keine Notfälle mehr da. Zeit für einen Kaffee und ein wenig Ruhe. Amber trat in das Schwesternzimmer, in der Hoffnung, auf eine Tasse des aufmunternden Gebräus. Sie trat in den Raum und sah ihre Freundin lesend am Tisch sitzen.

»Hi, Terry, hast du mir etwas übrig gelassen?« Amber nahm die Kanne und schnupperte. »Scheint frisch zu sein.«

»Ein guter Geist hat neuen aufgebrüht«, grinste ihre Freundin und nahm einen Schluck aus ihrem Becher.

»Hm, das tut gut. Noch zwei Stunden und ich kann endlich nach Hause«, seufzte sie und legte ein Bein auf den Stuhl. »Was für ein hektischer Tag. Wir sollten bald wieder etwas zusammen unternehmen. Wir waren lange nicht mehr unterwegs.« Amber pustete in ihre Tasse.

»Unbedingt, ich komme mir schon vor wie eine Einsiedlerin. Ich kann mich nicht erinnern, wann ich das letzte Date hatte. Apropos Date, wie geht es eigentlich deinem hübschen Polizisten?«, fragte Terry schmunzelnd.

Amber stellte die Tasse ab und hustete. »Wen meinst du?« Eine verräterische Röte überzog ihre Wangen.

»Ach, komm schon, der dunkelhaarige Ire mit den blauen Augen, der Partner deines Bruders. Er kann ja nie den Blick von dir wenden, wenn er dir begegnet.«

»Hör schon auf. Wie du sagst, er ist Stevens Partner und daher tabu. Und überhaupt, was du dir immer zusammenreimst«, schmollte Amber. Terry lachte und stand auf, um ihre Tasse abzuwaschen. Sie mochte es, ihre Freundin auf den Arm zu nehmen. Und ihre Reaktion zeigte ihr, dass sie nicht völlig danebenlag. Dafür kannten sie sich viel zu lange. Schon seit der Schwesternschule waren sie unzertrennlich; hatten sich gleich verstanden und alle Höhen und Tiefen der Ausbildung zusammen durchgestanden. Für Terry war es ein Glück gewesen, jemanden wie Amber zu treffen. Als sie vor einigen Jahren in die Stadt gekommen war, hatte sie niemanden gekannt. Amber hatte sie in ihren Freundeskreis aufgenommen und ihr somit den Einstieg viel einfacher gemacht. Ihre Eltern waren schon vor langer Zeit verstorben und zu ihrem Bruder hatte sie keinen Kontakt mehr. Amber half ihr dabei, nicht einsam zu sein.

Ihre Freundin riss sie aus ihren Gedanken.

»Sag mal, hast du von der Frau gehört, die ermordet wurde?« Terry schaute sie erschrocken an. »Nein, was ist denn passiert?«

»Ich weiß es nicht genau. Ich habe ein paar Wortfetzen von einem Gespräch zwischen meinem Bruder und meinem Vater gehört. Es ging um eine Krankenschwester, die getötet wurde, hier in San Rafael. Ich weiß nichts Genaues, aber es hörte sich ziemlich ernst an.«

»Keine Ahnung. Aber ich komme auch nicht groß dazu, Nachrichten zu hören oder lesen.«

Eindringlich musterte Amber ihre Freundin. »Bitte sei einfach vorsichtig.«

Steven stieg in sein Auto und steckte den Schlüssel ins Schloss. Er strich mit den Händen übers Gesicht. »Du bist ein Idiot.« Wütend startete er den Wagen und fuhr los. Er nahm die Route ins Büro, denn der Gedanke an sein leeres Zuhause ließ ihn erschaudern.

Beim Revier angekommen, stellte er sein Auto ab und sah hoch zu den beleuchteten Fenstern. *Was hat das alles mit Susan zu tun? Was will der Kerl von ihr?* Er wollte sich nicht vorstellen, was passierte, wenn sie dem Irren in die Hände fiel. Sie mussten ihn stoppen und das so schnell wie möglich. Mit diesem Gedanken im Kopf sprang er aus dem Auto und eilte mit langen Schritten auf die Glastür des Reviers zu.

Eilig durchquerte er die Halle und lief in den zweiten Stock zum Büro. Einige Beamte waren noch fleißig bei der Arbeit. Er zog den Stuhl vom Schreibtisch, setzte sich hin und fuhr den Computer mit der Hoffnung hoch, dass er neue Informationen erhalten hatte, aber sein Postfach war leer. Aus dem Augenwinkel nahm er eine Bewegung im Konferenzraum wahr. Neugierig, wer sich da rumtrieb, ging er den Gang entlang. Paul kam ihm entgegen, als er den Raum betreten wollte.

»Was machen Sie denn noch hier? Entschuldigen Sie den Ausdruck, aber Sie sehen beschissen aus«, bemerkte Steven.

Paul gähnte. »Tut mir leid. Ich weiß, aber ich habe einfach keine Ruhe. Irgendwie habe ich das Gefühl, dass wir etwas übersehen.«

»Haben wir das nicht immer?«, witzelte Steven und ging

an Paul vorbei. Stirnrunzelnd blieb er vor der Glaswand stehen. »Was treibt den Irren an, was ist sein Motiv?«

»Ehrlich gesagt, ich habe keine Ahnung. Konnte Mrs Wright weitere Informationen geben?«, fragte Paul hoffnungsvoll nach.

»Nichts. Sie weiß nicht, was der Typ von ihr will, aber sie denkt darüber nach, ob es in ihrer Vergangenheit etwas gab. Das einzig Seltsame in letzter Zeit ist ein neuer Nachbar. Den werde ich morgen überprüfen. Sonst haben wir nichts.« Steven drehte sich zu Paul. »Ach doch, sie kommt aus Clifton, einem Ort in der Nähe von New York. Könnten Sie nachfragen, ob es da ungeklärte Morde oder Ähnliches gab? Das FBI hat da bessere Möglichkeiten als wir hier.«

»Clifton«, rief Paul aus, »das war der Name des Ortes mit den Vergewaltigungen und den Rosenblättern, ich bin ganz sicher«, aufgeregt blätterte er in seinen Notizen. »Genau, hier steht es: Clifton, New York.«

»Aber da hat man niemanden gefasst, oder?«, fragte Steven nach.

»Richtig, es gab keine Spuren. Trotzdem werde ich da nachgraben, das kann kein Zufall sein.«

»Machen Sie das. Alles kann helfen.«

Paul strich gedankenverloren über seinen Bartschatten; längst Zeit für Feierabend.

»Die Presse wird uns in der Luft zerreißen. Zwei tote Frauen in zwei Wochen, das werden sie sich nicht entgehen lassen. Ich hoffe nur, dass wir schnell Resultate liefern können.«

Stevens Schritt stockte. »Die Zeugen wurden angewiesen, nicht über die Nadeln zu sprechen. Trittbrettfahrer würden uns gerade noch fehlen. Aber Sie wissen selbst, wie schwierig es ist, dass nichts durchsickert.«

»Was ist mit Susan, sie weiß doch auch von den Nadeln?« Paul beobachtete Steven genau. »Vertrauen Sie ihr?«

Dieser dachte kurz nach. Er vertraute ihr, und er hatte das Gefühl, dass sie mehr wusste, als sie ahnte. »Das tue ich. Sie ist mehr als sonst jemand daran interessiert, dass wir den Irren fassen. Vergessen Sie nicht, sie ist seit langer Zeit auf der Flucht vor diesem Kerl. Und ich werde das Gefühl nicht los, dass es etwas mit ihrer Vergangenheit zu tun hat. Und da könnten die Nadeln wichtig sein.«

»Hat sie mit dem Krankenhaus in New York telefoniert?«

»Sie hat mit Cathy gesprochen.« Steven sah Susan vor sich, wie sie verzweifelt versuchte, die Tränen zurückzuhalten, als sie zu ihm in den Garten trat. Paul beobachtete die Reaktion des Detectives genau. »Seien Sie vorsichtig, Sie brauchen einen kühlen Kopf bei dieser Sache.«

Stevens Kopf ruckte zu Paul. »Was wollen Sie damit sagen? Das ich den Fokus verliere?« Seine Stirnfalte vertiefte sich.

Paul hob entschuldigend die Hände. »Sie ist eine attraktive Frau und sie geht Ihnen unter die Haut. Das ist alles, was ich sagen will.«

Steven wusste, dass Paul recht hatte. Es nervte ihn nur, dass man ihm das so genau ansah.

»Entschuldigen Sie, es ist im Moment gerade ein wenig viel. Wie wäre es mit einem Bier? Es gibt hier in der Nähe eine gemütliche Bar. Und Ryan wird sicher auch dort sein.«

»Gute Idee. Ich hoffe, die bieten Burger an, ich habe einen Riesenhunger«, Paul legt eine Hand auf seinen knurrenden Bauch.

»Die Besten der Stadt! Gehen wir.«

*

»Sie haben wirklich nicht übertrieben«, Paul biss genüsslich in seinen Burger und wischte sich den Ketchup aus den Mundwinkeln. »Das ist einer der Besten, die ich je gegessen habe.«

»Auch die Pommes sind nicht zu verachten«, erwiderte Ryan, der gerade an den Tisch getreten war. »Ich sehe, ihr habt bereits ohne mich angefangen.

»Tut mir leid, Kumpel. Wir hatten einfach zu großen Hunger, um auf dich zu warten«, lachte Steven und verspeiste eine Essiggurke.

Ryans Gesicht erhellte sich, als ein Bier vor ihn hingestellt wurde. »Vielen Dank, Betty. Kann ich bitte auch so einen Burger haben?« Diese schnaubte nur und ging zum nächsten Tisch.

»Ich denke mal, das heißt ja. Freundlich wie eh und je«, schmunzelte Ryan. Er hob das Glas. »Dann lasst uns anstoßen, und endlich das umständliche »Sie« weglassen.« Er stieß sein Glas gegen das von Paul. Dieser grinste. »Gerne.« Steven schloss sich den beiden an.

»Da wir nun das Förmliche hinter uns gelassen haben, Paul, warum bist du so versessen auf diesen Fall?« Ryan lehnte sich zurück.

»Ich denke, jeder hat einen Fall, der ihn nicht loslässt. Aber dieser lässt mich nicht mehr schlafen. So viele tote

Frauen, keine Spuren und der Kerl ist einfach nicht zu fassen. Regelmäßig rufen mich die Angehörigen an und wollen wissen, ob wir schon einen Verdächtigen haben. Ich möchte ihnen gerne sagen, dass wir ihn haben und er dafür zur Rechenschaft gezogen wird.« Kurz räusperte er sich. »Ich weiß aus eigener Erfahrung, wie sich das anfühlt.«

Die beiden Detectives schauten ihn verblüfft an. »Was meinst du damit?«, fragte Steven.

»Meine Cousine wurde mit zehn Jahren verschleppt und ermordet, der Mörder wurde bis heute nicht gefasst«, erklärte Paul traurig.

Ryan legte ihm eine Hand auf die Schulter. »Das tut mir leid.«

Paul nickte ihm zu. »Darum bin ich zum FBI gegangen. Und das ist auch der Grund, warum ich nicht aufgeben kann, bis ich den Fall gelöst habe.«

Beide konnten den Mann gut verstehen.

»Diesmal werden wir ihn kriegen. Wir kennen nun sein wahres Ziel und das ist mehr, als du bis jetzt hattest.« Steven trank einen Schluck von seinem Bier. »Da er Susan nahe ist, wird er einen Fehler machen und wir können ihn schnappen.«

»Dein Wort in Gottes Ohr«, erwiderte Paul. »Aber du hast recht, ich bin näher dran als jemals zuvor«, hart schlug er mit der Faust auf den Tisch. »Und jetzt brauche ich noch ein Bier.«

Steven winkte der Kellnerin. »So kannst du aber nicht mehr fahren.«

»Stimmt, gibt es in der Nähe ein Hotel, wo ich unterkommen könnte?«

»Wenn es dir nichts ausmacht, auf einem Boot zu schlafen, kannst du gerne die zweite Koje haben«, bot ihm Steven an. Dankbar nickte Paul ihm zu.

»Danke. Für alles. Ich bin froh, dass ich bei Euch in San Rafael gelandet bin.«

»Für einen FBI-Mann bist du auch nicht übel«, lachte Steven und klopfte ihm auf die Schulter.

Er saß vor dem grünlich schimmernden Monitor und schaute zu, wie Susan sich im Bett hin und her wälzte. Er streckte die Hand aus und berührte ihr Gesicht durch den Bildschirm. Er wünschte, er könnte bei ihr sein und sie in die Arme nehmen und trösten.

Liebste Susan, du brauchst keine Angst zu haben. Ich bin bei dir. Niemand wird dir etwas tun, ich beschütze dich doch. Denn du gehörst mir, kein anderer will dich so sehr, wie ich dich will. Ich habe dich schon immer gewollt. Und nun schlaf gut, meine Schöne.

Er zog den Regler des Time Codes nach hinten. »Wollen wir doch mal sehen, was du heute gemacht hast.«

Er stoppte kurz vor neun Uhr abends. Seine Nase berührte fast den Bildschirm. Sah den großen blonden Polizisten, der sich zu seiner Geliebten beugte. Der Mann hielt den Atem an und stieß ihn heftig aus, als sich der Detective von Susan zurückzog. Wie hypnotisiert beobachtete er die beiden weiter. Nun hob der Mann eine Hand an ihr Gesicht und … Seine Faust knallte auf den Tisch und er stoppte das Video. »Nein, nein, nein, das darf nicht passieren! Du kleine Schlampe, wendest dich schon wieder von mir ab.« Der Stapel Fotos neben dem Monitor flog in hohem Bogen weg. Er sprang auf und tigerte durch die Wohnung. Plötzlich blieb er stehen und starrte auf den Bildschirm. Sah ihr Gesicht …

Die Tür zu den Toilettenräumen wurde geöffnet. Er zog die Füße auf den Klorand und duckte sich. Der Junge wusste, gleich würde man ihn entdecken und er musste die sichere

Umgebung verlassen. Eine Gänsehaut überzog seinen Kör-per und er fing leicht an zu zittern. Jemand kam mit festen Schritten auf die Kabine zu. Ein Hämmern ließ die Tür erzittern. Er hielt sich die Ohren zu und hoffte inbrünstig, dass die Person weggehen würde.

Doch das Poltern hörte nicht auf und resigniert öffnete er die Tür. Sah die Pausenaufsicht davor. »Ah, du bist das. Warum verkriechst du dich immer in die Toiletten?« Der Lehrer zog den schmächtigen Jungen am Arm aus der Kabine. »Komm schon, geh endlich auf den Hof, bevor die Pause um ist.«

Er zog den Kopf zwischen die Schultern und ließ sich nach draußen ziehen. Resigniert ließ er den Kopf hängen und trot-tete hinaus. Er schob die Eingangstür auf und trat in den Hof. Verunsichert sah er nach allen Seiten, sein Herz raste.

Da standen sie.

Die drei Mädchen aus der Klasse über ihm starrten ihn hämisch grinsend an. Er schlich an der Hauswand entlang, immer darauf achtend, ihnen nicht den Rücken zuzukeh-ren. Als die Klingel das Ende der Pause ankündigte, traten ihm Tränen der Erleichterung und der Erniedrigung in die Augen. Lauernd sah er sich um und stakste vorsichtig zu-rück. Dann sah er sie. Seine Susan.

Sie schwebte mit geschmeidigen Bewegungen auf den Haupteingang zu. Ihre dunklen Locken vom Wind zerzaust. Wie gebannt starrte er sie an und bemerkte nicht, dass sich ihm jemand von hinten näherte. Der Junge jaulte auf, als ein stechender Schmerz durch sein Gesäß jagte. Er zuckte zusammen und schlug um sich.

Ein weiterer Nadelstich traf ihn in den Hintern. Sie ka-men jetzt von allen Seiten auf ihn zu. Kichernd sprangen Emma, Olivia und Mae auf die Eingangstür zu, als er wut-

entbrannt aufschrie. Zitternd stand er da und Tränen der
Wut und des Schmerzes glitzerten in seinen Augen. Er sah
zum Eingang und bemerkte, wie Susan ihn mitleidig ansah.
Das Mädchen neben ihr zog sie am Arm, ein letzter Blick
und sie verschwand in der Schule. Der Schmerz über ihre
Ablehnung überwältigte ihn, war größer als die Stiche der
Nadeln.

Ein markerschütternder Schrei kam aus seiner Kehle,
Tränen liefen ihm über die Wangen, er vermeinte, die
brennenden Stiche zu fühlen. Wütend wischte er sich
über das Gesicht. »Das wirst du mir büßen. Auch wenn
sie dich beschützen, ich werde dich bekommen und das
schon sehr bald!« Hastig suchte er die Fotos vom Boden
zusammen. Es wurde Zeit, er brauchte eine neue Gespie-
lin, bis er Gelegenheit hatte, die Eine zu holen. Er breitete
die Bilder auf dem Tisch aus und öffnete den Reißverschluss der Hose. »Wollen wir doch mal sehen, wer die
Nächste sein wird.«

Kapitel 8

Die Ermittler saßen im Konferenzraum. Frustration schwängerte den Raum. Zwei tote Frauen und keine Anhaltspunkte, sie mussten vorwärtskommen, es blieb nicht mehr viel Zeit. Sollte er nach dem gleichen Muster weiterfahren, holte er heute Abend das nächste Opfer.

Chief Abott stürmte in den Raum und warf eine Zeitung auf den Tisch. »Nun haben wir den Salat«, schnaubte sie. Steven zog das Schmierblatt heran. *Zwei tote Krankenschwestern – Polizei tappt im Dunkeln! Wann holt der Nadelkiller die nächste Frau?*

Wütend warf er sie auf den Tisch. »Wer hat da seinen Mund nicht halten können? Scheiße, nun ist das mit den Nadeln raus.«

Chief Abott sah in die Runde. »Verdammt, eine solche Schlagzeile wollte ich eigentlich nicht lesen. Und das hilft auch nicht dabei, den Bürgermeister zu beruhigen. Gibt es in der Zwischenzeit etwas Neues?«

»Ich habe den Abschlussbericht aus der Gerichtsmedizin erhalten.« Steven strich frustriert die Haare aus der Stirn. »Nichts Neues, alles war genauso wie bei Melanie Scott. Lucy Winters wurde mit den Nadeln gefoltert und durch die große direkt ins Herz getötet. Auch sie wurde mehrmals brutal vergewaltigt.« Er nahm die nächste Mappe in die Hand.

»Von der Spurensicherung auch nichts, was uns hilft. Es gibt keine Spuren an der Leiche und Ethan hat nichts im Geräteschuppen gefunden. Nirgendwo gab es Einbruchspuren. Er muss sich einen Schlüssel besorgt haben.«

»Und woher hat er gewusst, wo er den findet?«, fragte Ryan nach.

Steven zuckte die Schultern. »In den meisten Schulen werden die Schlüssel im Lehrerzimmer oder im Büro des Direktors gelagert. Es gibt keine Kameras und es war für ihn ein Leichtes, sich tagsüber dort einzuschleichen und eine Kopie davon zu machen. Da gehen so viele Leute ein und aus, es wäre sicher nicht aufgefallen.«

Paul sah in die Runde. »Was haben wir über das Opfer herausgefunden?«

»Nichts«, erwiderte Ryan und schlug sein Notizbuch auf, »sie lebte allein, ging ab und zu weg, aber war kein Partygirl. Sie hat viel gearbeitet, was aber im Bereich des Gesundheitswesens nicht wirklich speziell ist.« Er überflog seine Notizen. »Ann, eine Kollegin, gab an, dass sie sich in letzter Zeit beobachtet fühlte. Aber sie wusste nicht von wem oder weshalb. Alle mochten sie und konnten sich nicht vorstellen, warum jemand so etwas tun sollte.«

»Das gibt es doch nicht, sechs tote Frauen und keine Spuren«, Ryan schlug mit der Faust auf den Tisch. »Irgendetwas müssen wir übersehen haben.«

Steven trat an die Glaswand. Ruhig studierte er die Fotos, versuchte, irgendeinen Sinn zu finden.

»Verdammt«, wütend warf Ryan seinen Stift auf den

Schreibtisch. Paul blickte zu ihm, sagte jedoch kein Wort. »Na, ist doch wahr, das ist doch nicht normal! Macht dieser Typ denn gar keine Fehler?«

»Er hat uns die letzten zwei Jahre an der Nase herumgeführt. Wir können nur hoffen, dass er jetzt, wo er seinem Ziel so nahe ist, ungeduldig wird und einen Fehler macht. Und wir kennen sein Ziel, er hat keine Chance«, erwiderte Paul.

»So kommen wir nicht weiter. Ryan wir fahren zu diesem Nachbarn von Susan, Edwards oder so ähnlich. Wir müssen wissen, ob er etwas damit zu tun hat. Bis jetzt ist er der einzige Verdächtige, den wir haben. Danach können wir bei Susan vorbei, vielleicht ist ihr noch mehr eingefallen.«

Er wandte sich an Paul. »Kannst du Washington ein wenig Dampf machen, damit wir Infos aus Clifton bekommen?«

»Mach ich. Wer ist eigentlich bei Susan?«

»Helen und Marc. Sie sollten jetzt bei Adventure Tours sein.«

*

Fröhliches Gelächter schallte über den Platz. Fünf Kinder im Alter von zehn und elf Jahren wuselten um Susan herum. Sie rissen ihr die Schwimmwesten aus den Händen und zogen sie über den Kopf.

»Seht zu, dass ihr die Westen richtig festzurrt. Und macht langsam, alle kommen ins Wasser.« Lachend wich sie einem der Kinder aus, dem es nicht schnell genug gehen konnte. Die Kanustunde mit diesen Rabauken machte ihr große Freude und lenkte sie von ihren Sorgen ab. Seit mehr als einem Jahr bot Sam Kindern Kanuunterricht an. Ein Auftrag, den Susan gerne übernahm, im Gegensatz zu den Bike-Touren mit den Managern. Sie war froh, dass sie Steven überzeugt hatte, dass ihr hier nichts passieren konnte, wenn sie die Stunde durchführte.

Sam trat zu ihr, um mit den Kanus zu helfen. Gemeinsam zogen sie die Gefährte aus den Halterungen und schleiften sie ans Wasser.

»Was ist los mit dir, Susan? Du bist fahrig und vor allem will ich wissen, was da gestern los war«, schnauzte er. »Ich bin wirklich froh, dass Sean so schnell einspringen konnte.«

»Lass mich die Stunde hinter mich bringen, danach können wir reden«, bettelte Susan.

Skeptisch schaut Sam sie an und schüttelte den Kopf. »Für den Moment kommst du damit davon, aber wenn ihr zurück seid, will ich wissen, was los ist«, warnte er sie.

Susan senkte nur den Kopf und drehte Sam den Rücken zu. »Los geht's Kinder, packt die Kanus, wir gehen raus.« Sie hielt sich bei dem einsetzenden Freudengeheul die Ohren zu, lachte und zog ihr Kanu ebenfalls ins Wasser.

Eine Stunde später kam sie erschöpft, aber glücklich mit den Kindern zurück. Sie zogen die Kanus an Land. Sam kam, um ihr dabei zu helfen. Sie wusste, dass er keine Ruhe geben würde, bis sie im sagte, was passiert war.

Als alles verstaut war, drehte er sich zu ihr um und sah sie nur an. Sie holte tief Luft. »Er ist zurück«, war alles, was sie sagte. Sam schaute sie verdutzt an.

»Bist du sicher? Das kann doch gar nicht sein, wie hätte er dich finden sollen?«

»Klar bin ich sicher. Und es ist schlimmer als je zuvor.

Sam, er hat Frauen umgebracht, Krankenschwestern, die so aussehen wie ich.« Wild gestikulierte sie mit den Händen. »Er ist mir von New York bis hierher gefolgt und hat sie unterwegs getötet«, sie holte tief Luft, »und er hat Cathy überfallen. Sie liegt im Krankenhaus im Koma. Sam, er hat ihr wehgetan.« Sie schluchzte auf und Sam nahm sie in die Arme.

»Schscht, bitte beruhige dich doch«, flüsterte er leise und strich ihr über den Rücken.

»Wie kann ich ruhig bleiben, Sam? Er hat mich gefunden. Jetzt fängt alles von vorne an.«

Sam schob sie ein wenig weg und sah sie an. »Susan, bist du sicher, dass du dir das nicht einbildest? Vielleicht hat das Ganze ja gar nichts mit dir zu tun.«

Sie zeigte über seine Schulter. »Siehst du die Frau und den Mann dort? Das sind Polizisten, die mich beschützen sollen. Und du sagst, ich bilde mir das nur ein?« Sam zog sie in seine Arme.

»Tut mir leid, ich habe das nicht so gemeint. Und was unternimmt die Polizei jetzt?«

»Sie suchen das Monster und ich kann nur hoffen, dass sie ihn finden, bevor noch jemand sterben muss.

*

Schon von Weitem sah Steven einen Mann, der Susan in den Armen hielt. Das muss wohl Sam sein, hoffte er zumindest. Trotzdem spürte er einen Stich der Eifersucht.

Nachdem sie Edwards nicht zu Hause angetroffen hatten, fuhren sie auf direktem Weg zu Adventure Tours. In der Hoffnung, dass Susan Informationen für sie hatte.

»Na, dich hat es ja schwer erwischt, mein Freund«, schmunzelte Ryan.

»Laber nicht.« Steven bremste abrupt den Wagen ab. Ryan hob abwehrend die Hände.

»Hey, ich kenne dich schon eine Weile. Aber ich freue mich für dich. Dann wollen wir mal sehen, dass wir diesen Albtraum beenden, damit ihr euch näherkommen könnt.«

Steven schüttelte den Kopf und rollte mit den Augen. Er hatte schon eine heftige Erwiderung auf der Zunge, als Susan an den Wagen trat und ihn anlächelte.

»Sam, das sind die Detectives Colby und O'Sullivan«, stellte sie die Männer vor, die zu ihnen traten. Sie schüttelten sich kurz die Hände.

»Susan, ist dir noch etwas eingefallen, das uns weiterhilft?«, wandte Steven sich an sie.

»Leider gar nichts. Ich hatte mit niemandem Streit oder Ärger.«

»Vielleicht jemand aus deiner Verwandtschaft?«

Ein leichter Schatten fiel über ihr Gesicht. »Du weißt, da gibt es niemanden mehr«, erwiderte sie traurig. »Meinen Vater habe ich nie gekannt, meine Mutter kam bei einem Autounfall ums Leben, als ich zwanzig Jahre alt war. Geschwister habe ich keine«, erklärte Susan und blickte Ryan an. Sam legte ihr einen Arm um die Schultern und drückte sie kurz an sich. Dankbar sah sie ihn an. Steven runzelte die Stirn. *Blödsinn, er ist ihr bester Freund und glücklich verheiratet,* schalt er sich. Er schüttelte kurz den Kopf und blätterte in seinen Notizen.

»Wir sprechen kurz mit Helen und Marc und dann müssen wir zurück ins Revier.« Kurz registrierte er den enttäuschten Blick von Susan. »Bitte ruf an, wenn du etwas brauchst.« Er nickt Sam zu und sie machten sich auf den Weg zu den beiden Detectives, die in einiger Entfernung warteten.

*

Steven schlug die Akte zu, fuhr sich mit den Fingern durch die Haare und schob seinen Stuhl nach hinten. Die Geräuschkulisse hatte sich vermindert, nur das Umblättern der Seiten von Ryan und das leise Tappen von Pauls Bleistift waren zu hören.

»Paul?«, rief Steven seinem Kollegen zu. Dieser hob langsam den Kopf. »Irgendetwas auf den Fotos der Gaffer gefunden?«

»Keine Übereinstimmungen, leider.« Frustriert warf Paul den Stift auf den Tisch und streckte sich.

»Eine weitere Sackgasse«, seufzte Steven und blickte auf die große Uhr an der Wand, die einundzwanzig Uhr zeigte. Die Zeit raste dahin. Er wäre gerne bei Susan geblieben, aber er wurde hier mehr gebraucht. Und Polizisten waren rund um die Uhr bei ihr. Es konnte ihr nichts geschehen.

Plötzlich wurde die Tür aufgestoßen und ein Officer betrat das Großraumbüro. Ein verführerischer Duft nach gebratenem Reis strömte auf die lesenden Männer zu.

Schnuppernd hob Ryan den Kopf. »Hat jemand etwas beim Chinesen bestellt?«

»Ich habe gedacht, eine Stärkung kann nicht schaden«, entgegnete Steven und rieb sich die Hände.

»Genau das haben wir gebraucht. Kommt, wir gehen in

den Konferenzraum, da haben wir genug Platz«, rief Ryan nahm die Tüten und lief davon. Kurz blieb er am Tisch von Paul stehen, der konzentriert in einer Akte las. Sein Bleistift klopfte rhythmisch auf die Tischplatte. Ryan hielt ihm eine Tüte vor den Kopf.

»Paul? Auch etwas zu essen?« Verdutzt hob Paul den Kopf. Ein Lächeln überzog sein Gesicht.

»Du kannst wohl Gedanken lesen.«

»Natürlich. Komm mit, bevor alles weg ist«, meinte Ryan. Paul legte den Stift hin und fuhr mit den Händen durch die Haare. Er stand auf und streckte seinen schmerzenden Rücken durch.

»Ich komme gleich, geht schon vor.« Er verließ das Büro in Richtung der Waschräume, während die anderen sich in den Konferenzraum begaben.

Kurze Zeit später trat er mit feuchten Haaren ein. Die verschiedenen Speisen ließen ihm das Wasser im Munde zusammenlaufen und er legte eine Hand auf den knurrenden Magen.

»Ich habe gar nicht bemerkt, wie hungrig ich bin.«

Einige Minuten aßen sie friedlich. Steven durchbrach die Stille.

»Paul, hast du schon etwas über Clifton gehört?«

Dieser schluckte seinen Reis hinunter. »Ich erwarte jede Minute eine Rückmeldung.«

»Wie sieht es eigentlich mit dem Nachbarn von Susan aus, gibt es da schon etwas?«, fragte Paul.

»Mani hat eine zusätzliche Streife dagelassen, sobald der Mann auftaucht, werden sie ihn zu uns aufs Revier bringen. »Wir haben mit den anderen Nachbarn von Susan gesprochen, es gibt ja nur vier Wohnungen in diesem

Haus. Niemand hat etwas Spezielles bemerkt. Man kennt sich nicht wirklich gut, nur vom Sehen und ein paar Worten im Hausflur.«

Paul runzelte die Stirn. »Und warum lasst ihr ihn gleich hierherbringen? Ist das nicht ein wenig verfrüht, wir haben ja nicht wirklich etwas, was wir ihm vorwerfen können.«

Ryan hob den Zeigefinger. »Ich habe ihn überprüfen lassen. Bill Edwards ist vor drei Wochen in die Wohnung eingezogen. Er wohnte bis vor zwei Jahren in der Nähe von New York, hat dort als Automechaniker gearbeitet.« Ryan blätterte weiter in den Notizen. »Er hat seinen Job und die Wohnung gekündigt und ist von einem auf den anderen Tag verschwunden. Niemand hat ihn seit dieser Zeit gesehen. Der Führerschein läuft immer noch auf New York, er hat ihn also nicht umgemeldet.«

Steven hob eine Augenbraue. »Das würde alles ja auch zeitlich passen, gut gemacht.«

»Das dachte ich mir auch«, bemerkte Ryan.

»Hoffen wir, dass er bald auftaucht, die nächste Frau hat nicht mehr viel Zeit.« Paul schaute in die angespannten Gesichter seiner Kollegen. »Wenn er nicht bereits auf der Jagd ist.«

Das Klingeln von Pauls Telefon ließ sie innehalten. Er verließ den Raum, während er den Anruf entgegennahm. Resigniert kehrte er zurück. Seine Kollegen schauten gespannt zu ihm hin.

»Sie haben nur die Vergewaltigungsserie gefunden, sonst nichts Auffälliges.«

»Ungeklärte Morde?«, fragte Steven nach.

»Nada, das ist eine kleine Stadt, da passiert nicht viel.«

Der Detective nickte.

Nochmals wandte er sich an den Agenten. »Kann man recherchieren, wer weggezogen ist, als die Serie stoppte?«

»Hat man schon kontrolliert. Aber nichts Auffälliges gefunden. Kann natürlich sein, dass er sich nicht umgemeldet hat. Dann würden wir das nie herausfinden.«

*

Steven wollte nur schlafen und lief mit schnellen Schritten auf sein Boot zu. Abrupt stoppte er und seufzte. »Oh, bitte nicht auch noch das. Das kann ich jetzt wirklich nicht gebrauchen.« Vor dem Boot stand Trish. Vor zwei Jahren hatte er sich auf sie eingelassen, ohne zu ahnen, was ihn erwarten würde. Ihre Drogenexzesse, erfolglose Aufenthalte in Entzugskliniken und als Krönung, den Seitensprung mit ihrem Drogendealer. Er hatte die Beziehung beendet, trotzdem wurde er sie nicht los.

Kurz flackerte Susans Lächeln vor seinen Augen auf. Am liebsten wäre er umgekehrt, aber das musste er nun ein für alle Mal klären.

»Trish, was willst du denn hier?« Zerschlagen fuhr er sich durch die Haare. »Kannst du mich nicht einfach in Ruhe lassen?«

»Was ist denn das für eine Begrüßung?«, gurrte sie und trat auf ihn zu. Er schob ihre Arme zurück, die sich um seinen Hals legen wollten. »Lass das. Was willst du hier?«

»Ich habe dich vermisst«, schmeichelte sie ihm.

»Hör auf mit dem Quatsch! In welchen Schwierigkeiten steckst du?«

Schmollend trat sie einen Schritt zurück. »Als würde ich

immer nur kommen, wenn ich Probleme habe.« Steven zog lediglich eine Augenbraue hoch.

Achselzuckend kam sie auf ihn zu. »Okay, okay, ich könnte deine Hilfe brauchen. Und da du nie ans Telefon gehst, wenn ich dich anrufe, muss ich dich leider zu Hause überfallen.«

»Hör auf damit und halt dich kurz. Ich hatte einen langen Tag und keine Lust mehr auf deine Geschichten.« Er zog seinen Schlüssel aus der Tasche und entfernte sich von ihr.

»Können wir das bitte auf dem Boot besprechen?«, fragte Trish nach.

»Was du mir zu sagen hast, kannst du hier tun. Du hast zwei Minuten«, schnauzte er sie an und schaute demonstrativ auf seine Uhr.

»Ich habe eine Anzeige erhalten und brauche deine Hilfe, um das aus der Welt zu schaffen. Bitte Steven, um der alten Zeiten willen.«

»Du bist ja ganz schön dreist«, fauchte er sie an. »Ich sage es dir nun zum letzten Mal: Lass mich in Ruhe und regle deine Probleme selbst! Ich will nichts mehr mit dir zu tun haben.« Beim Anblick seines Gesichtsausdruckes trat sie einen Schritt zurück. »Und nun verschwinde aus meinem Leben!« Zitternd drehte er sich um und ließ sie stehen, in der Hoffnung, dass sie es endlich verstanden hatte.

Donnerstag, 5. Mai, 23:06 Uhr

Er beobachtete, wie die Frau das Krankenhaus verließ. Sie hastete über den Parkplatz und schaute sich lauernd um.

»Jaja, dreh dich nur um. Ich bin nicht weit von dir entfernt.«

Er grinste und klopfte mit den Fingern auf das Lenkrad. »Na komm, beeil dich, ich brauche jemanden zum Spielen.« Er leckte die Lippen bei dem Gedanken, was er alles mit ihr anstellen würde.

Endlich, sie schloss ihren Wagen auf und setzte sich rein. Sie startete den Motor und fuhr langsam vom Parkplatz. Er legte das Fernglas auf den Beifahrersitz und fuhr los. Niemand zu sehen, perfekt. Er folgte ihr gemächlich. Ein Stück Draht half ihm dabei, dass der Wagen stehen blieb.

*

Fröhlich pfeifend fuhr der Fremde mit seiner kostbaren Fracht durch die Dunkelheit. Sie hatte es ihm sehr einfach gemacht. Ein kurzer Blick zeigte ihm, dass sie immer noch bewusstlos vor dem Rücksitz auf dem Boden lag. Er tastete nach dem automatischen Türöffner, drückte kurz und das große Tor bewegte sich fast lautlos zur Seite. Er fuhr in die Halle, hielt direkt vor dem Abgang in den Keller und stieg aus. Mit einem Ruck zog er die Hintertür des Autos auf. Sie starrte ihn ängstlich mit großen Augen an.

»Ach, du bist wach, das ist ja nett. Dann kannst du gleich dein neues Zuhause betrachten.« Heftig zerrte sie an den Fesseln, aus ihrem geknebelten Mund kam nur ein Stöhnen.

»Schön ruhig bleiben, dann tut es auch nicht weh.« Sie wehrte sich, als er sie packte und aus dem Wagen zog. Ohne große Umstände warf er sie über die Schulter und schloss die Autotür. Er hatte Mühe, das Gleichgewicht zu halten. »Jetzt sei still, oder ich werde dir gleich sehr weh tun!« Sofort erstarrte sie und hielt ruhig. »Na, geht doch.«

Die Tür öffnete sich mit einem leisen Quietschen und die Treppenstufen knarrten unter ihrem Gewicht. Mit drei langen Schritten war er in der Mitte des Raumes angekommen und ließ sie von der Schulter direkt auf den gynäkologischen Stuhl gleiten. Sofort versuchte sie, sich zu befreien, doch er hielt sie mit eiserner Hand nach unten gedrückt.

Sie bäumte sich auf, hatte aber keine Chance gegen ihn. Mit einer einzigen Bewegung zurrte er den Riemen über ihrem Bauch fest. Sie zappelte mit Armen und Beinen, die noch frei waren.

»Hör jetzt auf, oder ich verpasse dir noch einen Stromschlag«, drohte er ihr. Sofort verhielt sie sich ruhig. Sie schnappte nach Luft, als er ihren linken Arm zur Seite zerrte und ihn festschnallte. Mit der rechten Hand versuchte sie, ihn ins Gesicht zu schlagen. Eisern packte er ihr Handgelenk und sie schrie, als er den Stuhl umrundete und ihr Arm dabei verdreht wurde. Straff zurrte er auch auf dieser Seite die Lederriemen an.

Gewaltsam riss er ihr die Baumwollhose und die Unterwäsche runter. Er packe eines der nackten Beine und schnallte es an die Stütze, danach das zweite.

Nun war sie ihm vollständig ausgeliefert. Lächelnd sah er auf sie herunter. »So, meine Schöne, nun wollen wir dich von den restlichen Kleidern befreien.« Entsetzt ver-

171

suchte sie, durch den Knebel zu sprechen, nur ein undeutliches Gurgeln war zu hören. Heftig riss sie ihren Oberkörper hoch, als sie das Skalpell sah, das in seiner Hand lag.

»Du musst dich ruhig verhalten, wir wollen ja nicht, dass du verletzt wirst, oder?« Heftig warf sie ihren Kopf hin und her, als er mit dem Messer ihr Shirt auf der Vorderseite und an den Ärmeln aufschnitt. Nach einem kurzen Ruck lag sie im Büstenhalter vor ihm. Vorsichtig fuhr er mit der schmalen Klinge über ihre Brüste. Wimmernd schloss sie die Augen. Ein Schnitt und die zwei Körbchen sprangen zur Seite.

Ein paar Minuten später lag sie vollkommen nackt vor ihm. Ein weiterer Lederriemen legte sich über ihre Schultern. Nahm ihr die letzte Möglichkeit, sich zu bewegen.

Aus zusammengekniffenen Augen betrachtete er ihren Körper. »Ohne die Kleider bist du viel bezaubernder«, stieß er hervor. Er grinste sie an, als er sah, wie sie entsetzt auf seinen Schritt starrte, der sich beachtlich wölbte. Er rieb mit der Hand darüber. »Freust du dich? Er kann es kaum mehr erwarten.« Flink öffnete er die Knöpfe der Jeans und holte den steifen Penis aus dem engen Gefängnis. »Siehst du, alles nur für dich.« Zärtlich strich er Terry die Tränen von den Wangen.

»Nicht weinen, meine Schöne. Du wirst sehen, wir werden in den nächsten Tagen viel Spaß haben.«

Kapitel 9

Steven hatte Paul im Hotel abgeholt. Eine Nacht in der engen Koje hatte dem FBI-Mann gereicht. Die beiden waren kurz vor dem Revier, als sein Telefon klingelte.

»Hi, Amber, das ist jetzt ganz schlecht. Kann ich dich zurückrufen?«, wiegelte er seine Schwester ab.

Er hörte, wie Amber hektisch atmete. »Steven. Terry Daniels, eine Kollegin, ist nicht zum Dienst erschienen«, schrie sie verzweifelt ins Telefon.

»Ganz ruhig, Amber. Das muss ja nichts bedeuten.«

»Doch, sie ist immer pünktlich und wir können sie nirgends erreichen. Und ihr Wagen steht auf dem Parkplatz.«

»Okay. Sag dem Sicherheitsdienst vom Krankenhaus, sie sollen das Auto sichern und nichts anfassen. Und beruhige dich, es klärt sich alles auf. Vielleicht ist sie nur versumpft.«

»Nicht Terry. Bitte kommt schnell her.«

Steven unterbrach die Verbindung.

»Was ist passiert?«, fragte Paul.

»Meine Schwester Amber. Sie arbeitet im Marin-General-Krankenhaus. Eine Krankenschwester ist verschwunden«, presste Steven hervor und reichte Paul das Telefon. »Ruf Ryan an.«

Er pappte das Blaulicht aufs Dach und gab Gas.

Die beiden Männer fuhren vor dem Krankenhaus vor. Ryan traf kurz danach ein. Gemeinsam schritten sie auf den Eingang zu.

»Steven, du weißt, das wird Ärger geben«, prophezeite Ryan. Sein Freund lief unbeirrt weiter.

»Was meinst du damit?«, fragte Paul nach.

»Marin County liegt nicht in unserem Zuständigkeitsbereich, das gibt immer Ärger, wenn man in fremden Gebieten wildert. Eigentlich sollten wir den Sheriff verständigen«, klärte er den Agenten auf.

»Wenn es mit unserem Fall zu tun hat, ist es FBI-Sache und dann spielen die Zuständigkeiten hier keine Rolle mehr«, versprach Paul.

Amber lief ihnen schon entgegen, als sie in den Eingangsbereich kamen. Sie fiel Steven um den Hals. Dieser zog eine Augenbraue in die Höhe, als er Ryans Blick bemerkte.

»Amber, komm schon. Erzähl uns alles von Anfang an.«

Sie holte Atem und schaute erst Steven und dann Ryan an. »Und wer ist das?«, frage sie in Pauls Richtung.

Dieser trat einen Schritt auf sie zu und streckte ihr die Hand hin, die sie, ohne zu überlegen, nahm. »Agent Paul Reynolds, FBI. Ich hätte Sie gerne unter anderen Umständen kennengelernt.« Ryans Augen zogen sich zu Schlitzen zusammen. Er trat zu Amber. »Bitte erzähl uns doch, was passiert ist.«

»Terry hätte heute Frühschicht gehabt, obwohl sie gestern bis nach elf Uhr abends gearbeitet hat. Sie hat eine Schicht getauscht.«

»Vielleicht hat sie einfach nur den Wecker überhört.«

Amber bedachte Ryan mit scharfem Blick. Schnell zog er den Kopf zwischen die Schultern.

»Das würde ihr nie passieren, sie ist sehr zuverlässig. Zudem haben wir versucht, sie zu Hause und auf dem Handy zu erreichen. Aber da kommt immer nur der Anrufbeantworter.«

Ruhig tätschelte Steven ihren Arm. »Hast du nicht gesagt, dass ihr Wagen auf dem Parkplatz steht?«

»Er parkt immer noch dort, wo sie ihn gestern abgestellt hatte. Es scheint, als wäre sie gar nicht weggewesen. Wir haben alle Ruheräume durchsucht, aber sie nicht gefunden.«

»Hast du den Sicherheitsdienst gerufen, wie ich es dir gesagt habe?

»Er steht draußen beim Wagen.«

»Okay, Amber, jetzt beruhige dich. Welche deiner Kolleginnen ist Terry? Hast du ein Foto von ihr?«

Sie zog ihr Handy hervor und strich über das Display. Sie streckte den Männern das Telefon hin. »Hier habe ich eines von uns beiden.«

Die drei Polizisten starrten auf das Foto der Krankenschwester mit den dunklen Locken neben Amber. Langsam hoben sie die Köpfe und sahen sich wortlos an.

»Was ist los, warum schaut ihr so komisch?«, rief sie hektisch.

»Alles in Ordnung«, beruhigte Steven seine Schwester, »geh auf die Station und schreib mir die Adresse und die Telefonnummern von Terry auf. Namen von Freunden und alles, was dir in den Sinn kommt. Ich komme nachher bei dir vorbei und hole es ab.« Steven strich ihr über den Arm.

»Ryan, kannst du hier die Leute fragen, wer gestern

Abend gearbeitet hat und ob man was gesehen hat?« Ryan nickte. »Und wir gehen zum Wagen und schauen uns da um«, wandte er sich an Paul.

Die beiden verließen die Eingangshalle und suchten den Mann vom Sicherheitsdienst.

»Da vorne ist er.« Paul zeigt nach rechts. Sie liefen direkt auf den Wachmann zu, der bei ihrem Anblick den Rücken durchdrückte. Die beiden Polizisten grinsten.

»Detective Colby und FBI-Agent Reynolds. Sie sind?«

»Bailey, Sir, John Bailey.«

»Nun, Mr Bailey, vielen Dank, dass sie hier gewartet haben. Sie haben doch nichts angefasst, oder?« Steven sah den Mann mit einem durchdringenden Blick an. »Natürlich nicht, Sir. Ich weiß, was in so einem Fall zu tun ist«, bestätigte er energisch.

»Gibt es hier Kameras, Bailey?« Bei der tiefen Stimme von Reynolds strafften sich die Schultern des Wachmanns noch ein wenig mehr.

»Klar, wir haben Kameras, aber dieser Teil hier wird nur knapp erfasst.«

»Trotzdem, wir brauchen alle Aufnahmen der letzten achtundvierzig Stunden. Können Sie uns diese bereitstellen, wir würden sie dann gleich mitnehmen.«

»Ich muss das mit meinem Chef klären, von wegen Datenschutz und so.«

Steven verdrehte die Augen. »Tun Sie das, sagen Sie ihm, wir kommen sonst mit einem richterlichen Wisch und fahren mit der ganzen Parade hier auf.« Bailey schluckte und stob davon.

»Ein wahrer Held.« Steven zuckte nur die Achseln und schaute sich das Auto an.

»So kann man nichts erkennen. Ich rufe die Spurensicherung, die sollen den Wagen in die Polizeigarage schleppen und auseinandernehmen.« Während sich Steven ans Telefon hängte, umrundete Paul das Auto.

»Hier liegt ein Knopf am Boden. Vielleicht haben wir Glück und der Täter hat ihn verloren.«

Steven beendete das Telefonat. »Das ist ein Krankenhausparkplatz, weißt du, wie viele Leute hier durchgehen?«

»Das ist mir schon klar, aber ein wenig Hoffnung darf man doch haben.«

Als die Spurensicherung eintraf, eilten sie zurück zum Krankenhaus. Ryan kam ihnen frustriert entgegen.

»Natürlich hat keiner was gesehen. Sie muss um kurz nach dreiundzwanzig Uhr die Klinik verlassen haben.«

»Wäre ja auch zu einfach gewesen. Vielleicht bringen die Bänder was.«

»Ach ja, die werden wir gleich bekommen, auch die von der Station, wo sie arbeitet. Was habt ihr denn mit dem armen Bailey gemacht, der war ja richtig eingeschüchtert.«

»Tja, unser Mr FBI hier hat ihm ein wenig Angst eingejagt.«

»Ach komm, ich war doch ganz nett zu ihm«, grinste Paul und folgte den beiden zurück zum Eingang.

»Ich gehe kurz zu Amber und hole mir die Informationen von ihr.«

»Soll ich mitkommen?« Ryan sah hoffnungsvoll zu Steven.

»Das schaffe ich schon alleine. Wartet ihr hier auf die Bänder, ich bin gleich zurück.«

Enttäuscht sah Ryan ihm nach.

»Sie ist ein hübsches Ding«, folgerte Paul.

»Aber leider auch die Schwester von Steven, da heißt es Finger weg«, murrte Ryan. Paul lachte und schlug ihm auf die Schulter. »Nicht aufgeben, mein Freund.«

Steven trat aus dem Krankenhaus. »Endlich, das hat ja ewig gedauert«, meckerte Ryan.

»Sorry, ich musste meine Schwester ein wenig beruhigen.«

»Na ja, wenigstens ist jetzt schon Mittag. Zeit für *Luke's*.«

Steven schüttelte den Kopf und grinste Paul an. »Hast du auch so einen verfressenen Partner wie ich?«

Paul lachte. »Ein hartes Leben nicht wahr? Aber ich könnte auch etwas gebrauchen, ich hatte heute kein Frühstück.«

»Siehst du, auch andere haben Hunger, nicht nur ich«, feixte Ryan.

»Okay, okay, ich sehe, ich bin überstimmt. Gehen wir uns etwas holen.«

Steven spulte durch die Videos der chirurgischen Station und Ryan nahm sich die Außenkameras vor.

»Es gibt nichts Langweiligeres, als solche Bänder anzuschauen«, murrte Ryan, konzentrierte sich jedoch gleich wieder auf seine Arbeit. Einige Minuten später stoppte er die Aufnahme.

»Steven, ich hab sie. Sie verlässt die Klinik um 23:03 Uhr durch den Haupteingang. Sie läuft über den Parkplatz und man sieht nur ganz am Rande, wie sie in ihr Auto steigt.«

»Siehst du noch jemanden?«, fragte Steven aufgeregt.

»Nur Terry«, antwortete Ryan frustriert.

»Hey, warte, da reflektieren Lichter in der Autotür dieses Kombis. Es scheint, als wäre jemand zur gleichen Zeit losgefahren.«

»Aber man kann nichts sehen. Schauen wir weiter, irgendwie muss das Auto ja zurückgebracht worden sein.«

Paul legte geräuschvoll den Hörer auf. Steven schaute ihn auffordernd an.

»Nichts. In Las Vegas meinte ein Zeuge, es könnte sein, dass er einen Pannendienst gesehen hat, aber er war sich nicht sicher.«

»Mist.« Steven drehte sich frustriert dem Bildschirm zu. »Was ist das?«, fragte Paul.

»Wo, was meinst du?« Ryan schaute konzentriert auf das Bild.

»Hier.« Paul zeigte mit dem Finger in eine Ecke. »Ist das nicht das Auto von Terry?«

»Das könnte sein. Ich gebe das Band an unsere Computernerds, vielleicht finden die ja was.«

»Aber wir wissen zumindest, dass sie nicht weit gekommen sein kann. Denn der Wagen fuhr keine zwanzig Minuten später zurück auf den Parkplatz. Ryan, frag doch bei den Kollegen nach, ob es Überwachungskameras auf den Straßen gibt.«

»Bin schon auf dem Weg.«

Paul tigerte vor dem Schreibtisch hin und her. Steven schaute hoch. »Setz dich bitte hin, du machst mich ganz nervös.« Paul ließ sich in einen Stuhl fallen. »Entschuldige, das macht mich ganz irre«, frustriert schlug er mit der Faust auf den Tisch.

»Das geht uns allen so, aber wir kommen nicht vorwärts, wenn wir jetzt ausflippen«, entgegnete Steven. Plötzlich stutzte er und starrte konzentriert auf den Bildschirm. Von der unvermittelten Ruhe aufgeschreckt, lief Paul zu ihm. »Was ist, hast du etwas gefunden?«

»Ich weiß nicht, der Typ da, der sich sehr auffällig benimmt«, er zeigte auf den Timecode, »gleich nach Schichtbeginn von Terry.« Er beobachtete den Mann, wie er den Gang auf der Station entlanglief. »Er weiß genau, wo die Kameras hängen, immer zur richtigen Zeit dreht er den Kopf weg. Man kann nichts erkennen.« Steven klickte hektisch durch die Videodateien. »Wo sind die verdammten Bänder vom Eingangsbereich? Die müssen hier irgendwo sein.« Kurze Zeit später fand er die gesuchte Datei. »Ach, hier, wollen wir doch sehen, ob wir den Typen hier finden können.« Er ließ das Band durchlaufen bis zu dem Zeitpunkt kurz vor dem Auftauchen auf der Station.

»Hier ist er«, hektisch zeigte Paul auf eine Gestalt, die die Empfangshalle betrat. »Mist, man kann sein Gesicht nicht sehen, die Baseballkappe verdeckt alles.«

Steven zückte sein Telefon, um Ethan anzurufen. »Wir brauchen die Bänder von der Klinik, wo Lucy Winters gearbeitet hat. Vielleicht sehen wir ihn dort und er war weniger vorsichtig.« Eine Stimme ließ ihn aufschrecken.

»Colby. Wir haben hier ein Geschenk für dich.« Zwei Streifenbeamte traten zu ihm an den Schreibtisch. Steven sah sie fragend an. Sie hielten eine Person in der Mitte fest. Die Augen des Mannes huschten nervös hin und her und die braunen Haare klatschten ihm fettig ins Gesicht. Steven schüttelte sich innerlich.

»Wer ist denn das?«, fragte er die beiden.

»Ihr sucht doch Bill Edwards, oder nicht?«

Als Steven den Namen hörte, sprang er auf und stellte sich vor den Verdächtigen.

»Wo habt ihr den denn aufgegabelt?«

»Wir haben ihn erwischt, als er ins Haus schleichen wollte. Der Gute hat sich ziemlich gewehrt und beteuert, dass er nichts getan hat.« Wie, um dies zu unterstreichen, wehrte der Mann sich gegen den eisernen Griff der Polizisten.

»Hey, immer langsam, Freundchen. Die netten Herren wollen doch nur ein wenig mit dir plaudern.«

»Bringt ihn in den Vernehmungsraum, wir kommen gleich nach.« Steven winkte Ryan, als die Beamten den sträubenden Edwards abgeführt hatten.

»Wie wollen wir vorgehen?«

Paul sah Steven an. »Ich denke, wir zwei gehen rein und versuchen etwas aus ihm herauszubekommen. Ich hoffe, wir bekommen genug zusammen, dass es für einen Durchsuchungsbefehl reicht.«

*

Der Himmel über San Rafael zog sich zu. Schwere Wolken mit Regen gefüllt hingen über der Stadt und passten sich Stevens Stimmung an. Er starrte gedankenverloren aus dem Fenster. Nach zwei Stunden intensiver Befragung hatten sie nichts aus Edwards herausbekommen und mussten ihn laufen lassen. Seine Statur war dem Mann auf dem Video zwar ähnlich, aber das reichte nicht, um ihn festzuhalten oder einen Durchsuchungsbeschluss zu bekommen.

Auch von der Spurensicherung hatte er keine bahnbrechenden Neuigkeiten erhalten.

Eine große Unruhe überkam ihn. Wieder eine Frau entführt und er wusste, sie hatten nur zwei Tage Zeit, sie zu finden.

»Ein grässliches Wetter?« Paul trat hinter ihn und schaute in den Himmel. »Wo bist du mit deinen Gedanken?«

»Terry ist seit siebzehn Stunden verschwunden. Ich will mir nicht vorstellen, was der Dreckskerl mit ihr anstellt. Es macht mich wahnsinnig, dass wir keine Spuren haben.«

»Willkommen im Klub. Was meinst du, wie es mir die letzten Monate ging?« Paul zog seine Augenbrauen zusammen. »Bei jeder entführten Frau hatte ich gehofft, dass er endlich einen Fehler macht oder jemand etwas beobachtet hat. Aber Fehlanzeige. Ganz im Gegenteil, er wird immer besser.«

»Wir müssen schneller arbeiten, ich brauche Helen und Marc hier vor Ort. Aber es reicht nicht, nur einen Streifenwagen bei Susan vor der Tür zu haben.«

»Da gebe ich dir recht. Aber im Moment ist sie sicher,

wenn er weiter nach demselben Muster vorgeht. Er hat Terry und vor Donnerstag sollte nichts passieren.

»Ich hoffe, du hast recht. Wenn er aber merkt, dass wir uns eingeschaltet haben und Susan beschützen, könnte ihn das zu einer Kurzschlusshandlung bringen«, knurrte Steven.

»Vielleicht wäre das unsere einzige Chance, ihn zu kriegen.«

Stevens Kopf ruckte herum und Paul hob beide Hände.

»Tut mir leid, aber der Kerl macht mich verrückt. Habt ihr ein sicheres Haus, in das wir Susan schicken könnten? Oder sonst eine Möglichkeit, damit wir Helen und Marc hier einspannen können?«

»Ich dachte, ich könnte Matt fragen, ob er auf Susan aufpassen kann. Du weißt, mein Bruder hat eine Sicherheitsfirma in San Francisco.«

»Gute Idee. Hat euer Revier das Budget dazu?«

»Das schauen wir dann, wenn es so weit ist. Das interessiert mich im Moment herzlich wenig. Sie ist unsere wichtigste Zeugin und muss beschützt werden.«

»Dann ruf ihn an. Wenn sich der Chief querstellt, kann sicher das FBI ein paar Dollar locker machen.« Steven zückte sein Telefon und drückte die Kurzwahl für seinen Bruder. Nach ein paar kurzen Sätzen beendete er das Gespräch.

»Und, wie sieht es aus?« Paul zuckte zusammen, als sich eine Hand auf seine Schulter legte. Ryan war unbemerkt hinter ihn getreten.

»Sag mal, musst du mich so erschrecken?« Ryan schmunzelte und schaute dann zu Steven.

»Kannst du mir sagen, was ihr ausgeheckt habt?«

»Wir lassen Susan von Matt beschützen. Dann können wir uns alle auf die Suche konzentrieren. Ich möchte auch, dass Helen und Marc die Beschattung von Edwards übernehmen, und zwar ab sofort.«

»Und, hat dein Bruder Zeit?«, fragend sah Ryan seinen Partner an.

»Leider erst ab morgen früh. Ich bringe Susan heute zu meinen Eltern. Mein Vater wird gut auf sie aufpassen, bis Matt da ist.«

»Ob sie einverstanden sein wird? Sie hat ja klar gesagt, dass sie sich nicht verstecken will.«

Grimmig sah Steven seine Kollegen an. »Sie muss einsehen, dass wir unsere Zeit für anderes benötigen. Auch dass es für ihre Freunde zu gefährlich ist. Ich fahre jetzt zu ihr und verfrachte sie zu meinem Vater. Er weiß auch bereits Bescheid.«

»Na, dann viel Glück, Kumpel. Komm, Paul, wir wenden uns der weniger gefährlichen Arbeit zu«, grinste Ryan und zog Paul mit sich.

Sein Herz machte einen Satz, als er Susan sah, die vor der Eingangstür stand. Er wandte sich direkt an die Männer im Streifenwagen, schickte sie weg und setzte Helen und Marc ins Bild. »Gibt es etwas Neues?« Susan schaute ihn hoffnungsvoll an. »Habt ihr ihn gefunden?«

»Ich wünschte, es wäre so. Wir machen alles, was möglich ist, glaub mir. Das ist auch der Grund, warum ich hier bin. Ich kann dich nicht länger hierlassen. Wir wissen nicht, wie er reagiert, jetzt, wo er dich gefunden hat.«

Susan atmete tief ein. »Das verstehe ich. Ich habe eine gute Alarmanlage, da wird mir nichts passieren. Und Schutz habe ich auch.«

»Das ist nicht genug. Du kannst nicht bleiben. Ich werde dich hier wegbringen. Zudem brauche ich die Polizisten für die Suche.«

»Das hatten wir doch schon.« Susan warf ihm einen bösen Blick zu. »Ich werde mich nicht verstecken. Das habe ich dir gesagt. Er soll mir mein Leben nicht erneut wegnehmen können.«

»Susan, ich verstehe dich. Aber es ist einfach zu gefährlich.«

Sie wischte seine Worte mit einer Handbewegung weg. »Ich werde mich nicht verstecken, das kommt nicht infrage«, trotzig drehte sie sich weg.

Steven packte sie bei den Schultern. »Jetzt hör mir zu.« Susan schaute ihn erschrocken an. »Du gefährdest nicht nur dich, sondern auch alle, die um dich herum sind. Möchtest du, dass Sam, seiner Frau oder sonst jemandem in deiner Nähe etwas passiert? Glaub mir, das könntest du dir nie verzeihen.« Er sah, wie es in ihr arbeitete. Geduldig wartete er, bis sie die Aussage analysiert hatte. Sie atmete aus und er wusste, er hatte gewonnen.

»Also gut, aber sieh zu, dass du diesen Irren bald zu fassen kriegst. Ich halte das nicht mehr länger aus«, erwiderte sie resigniert. »Und wo bringst du mich hin?«

»Pack bitte für die nächsten Tage ein paar Sachen zusammen. Danach bringe ich dich zu meinen Eltern. Da bist du in Sicherheit. Und morgen kommt mein Bruder, er war beim Militär und arbeitet jetzt im Sicherheitsbereich. Er wird so lange bei dir bleiben, bis wir den Kerl haben.«

Sie betraten die Wohnung und während sie im Schlafzimmer einige Dinge einpackte, stand Steven am Fenster und betrachtete den Garten.

»Wird es für deine Eltern nicht zu viel, wenn ich mich da einniste?« Steven drehte sich um, als er die Stimme von Susan hörte. Ihr Anblick ließ sein Herz ein paar Takte schneller schlagen.

»Steven?«

Er räusperte sich. »Entschuldige. Sie machen das gerne. Mein Vater war früher Polizeichef hier in San Rafael, er wird gut auf dich aufpassen.« Sie beobachtete ihn. »Komm, wir sollten gehen. Meine Mutter mag es nicht, wenn das Essen kalt wird.«

»Oh, Angst vor Mama? Da bin ich ja sehr gespannt.«

»Ich denke, ihr zwei werdet euch gut verstehen.« Steven schmunzelte und packte ihre Reisetasche. »Hast du alles, was du brauchst? Was ist mit der Katze?«

»Ich habe im Schlafzimmer kurz mit Sam telefoniert, er wird sich um sie kümmern. Sie steckt schon im Transportkorb, wir müssen sie nur abgeben.« Steven nahm ihr den Korb aus der Hand, aus dem ein klägliches Miauen erklang.

»Ich hoffe, das Ganze dauert nicht zu lange«, fragend sah Susan ihn an.

»Es ist bald vorbei«, beruhigte er sie und hoffte, dass er nicht zu viel versprach. Er nahm ihre Tasche und ging zur Tür. Susan hielt ihn zurück, fragend sah er sie an. »Um deine Frage zu beantworten, ja, ich habe alles, was ich brauche«, ihre grünen Augen funkelten. Steven schluckte und wandte sich ab.

»Lass uns gehen«, sagte er mit rauer Stimme. Susan lächelte und folgte ihm zur Tür.

Freitag, 6. Mai, 23:04 Uhr

Er strich mit den Fingern über Susans Gesicht, welches ihm auf dem Bildschirm entgegensah. Sie packte eine Tasche. *Was ist da los? Wohin will sie?* Sie sah sich noch einmal im Zimmer um, ging dann zur Tür und löschte das Licht. Er folgte ihr mit seinen Blicken, als sie zurück ins Wohnzimmer schritt.

»Verdammt, schon wieder dieser Polizist. Sie gehört mir!«, zischte er dem Bildschirm zu. Gespannt hörte er den beiden zu. *Zu seinen Eltern? Und der Bruder soll sie beschützen, das ist ja interessant.*

Er beobachtete sie weiter. Langsam wurde ihm klar, dass er sich beeilen musste. Solange sie unter Schutz stand, hatte er keine Möglichkeit, sie zu entführen.

»Sieht so aus, meine Schöne, dass wir uns früher sehen, als geplant. Ich muss wohl den Plan umstellen.« Er wusste, je länger er jetzt wartete, desto schwerer wurde es für ihn, an Susan heranzukommen. Und die Polizei hatte den Idioten Edwards freigelassen. Er musste zusehen, dass dieser zurück in den Bau kam und sie sich in Sicherheit wiegten. Dann kam seine Susan nach Hause, und er konnte sie holen. Dann endlich bekam er das, was er nach all den Jahren verdiente.

Konnte es wirklich wahr sein? Seine Susan wollte sich mit ihm treffen? Ungläubig starrte er auf den Zettel, den er im Spind gefunden hatte. Sie wollte nach der Schule unter der Tribüne des Sportplatzes auf ihn warten. Durfte er wirklich hoffen? Er konnte es nicht erwarten, sie zu sehen.

Als die Glocke das Ende der Schule ankündigte, wartete er

ein paar Minuten und schlich dann nervös aus dem Klassenzimmer. Lauernd sah er sich um und nahm die wunderschöne, rote Rose aus dem Spind, die er für seine Liebste besorgt hatte. Flink lief er auf kürzestem Weg zum Sportplatz.

»Susan? Bist du da?«, rief er leise. Keine Antwort.

Unter die Tribüne fiel nur wenig Tageslicht. Er kniff die Augen zusammen, um besser zu sehen, und beugte sich vor. Wie aus dem Nichts sprangen mehrere Mädchen auf ihn zu, rissen in zu Boden und schlangen ein Seil um seinen Körper. Kreischend schlug er um sich, hatte jedoch keine Chance. Sie zogen ihn hoch und banden das Seil an eine der Stangen. Nun konnte er die drei Peinigerinnen erkennen, weitere Mädchen standen in einiger Entfernung und kicherten.

»Hast du wirklich geglaubt, dass Susan sich mit dir treffen würde?«, höhnte Mae und lachte ihn aus. »Sie würde sich doch nie mit so einem Würstchen abgeben«, schrie sie ihm ins Gesicht. Verzweifelt versuchte er, sich zu befreien, doch die Stricke saßen fest.

»Ach, seht mal, eine schöne Rose hat er für sie gekauft«, kreischte Emma und riss die Blätter der Blume aus und warf sie auf den Boden. Der Junge heulte auf und versuchte mit Fußtritten die Mädchen zu treffen. Lachend wichen sie ihm aus.

»Du bist ein Versager, eine Niete, niemand will etwas mit dir zu tun haben«, schrien sie im Chor. Dann zogen sie eine Büchse aus einem Rucksack, er wusste, was sie enthielt und schrie auf. Die Mädchen kamen von allen Seiten auf ihn zu, hektisch versuchte er, sie im Auge zu behalten. Aber schon stachen die Nadeln in seinen Bauch und ins Gesäß. Der vierzehnjährige Junge schrie und schlug mit den Beinen aus. Die Gören lachten nur, drangsalierten ihn weiter und skandierten im Chor: »Susan, Susan, Susan.«

Als ein großer Fleck auf seiner Hose erschien, schüttelten sie sich aus vor Lachen. Nochmals riss er an den Fesseln, die endlich nachgaben. Kreischend flohen die Mädchen. Der Junge ließ sich beschämt zu Boden sacken und rollte sich verängstigt zusammen. Erst bei Dunkelheit traute er sich unter der Tribüne hervor, um nach Hause zu gehen.

Noch einmal strich er über den Bildschirm. »Susan!«, flüsterte er heiser.

»Aber zuerst muss ich mich um meinen neuen Besuch kümmern. Sie hat trotz allem die beste Behandlung verdient.«

»Mom, Dad, ich muss gehen, Ryan und Paul warten auf mich im Revier. Wir haben noch einiges zu erledigen.« Steven stand auf, nahm seine Mutter in den Arm und küsste sie auf die Wange. »Passt gut auf euch auf, Dad, und sollte etwas sein, ruft mich sofort an. Matt wird morgen ganz früh hier sein.«

»Keine Sorge, mein Sohn, sie ist hier bei uns in guten Händen. Und ich kann auf uns aufpassen.« Peter legte Steven den Arm um die Schultern. »Und denk daran, zu schlafen. Das ist wichtig. Ein ausgeschlafener Verstand ist nützlicher als ein müder.«

»Ich weiß. Und danke, dass ihr auf sie aufpasst.«

»Kein Problem, du weißt, wir helfen gerne. Nun geh, dein Mädchen ist bei uns gut aufgehoben.«

»Sie ist nicht mein …«

»Schon gut. Geh jetzt.«

Susan kam zu ihm. »Ich bringe dich nach draußen zum Wagen.« Steven nickte ihr zu. Der Regen hatte aufgehört. Die Luft roch wie frisch gewaschen und die salzige Luft vom Meer legte sich auf ihre Körper. Wortlos liefen sie auf den Jeep zu.

»Vielen Dank. Deine Eltern sind unglaublich lieb. Ich fühle mich hier sehr sicher.«

»Mein Vater wird gut auf dich aufpassen. Und niemand außer Matt, Ryan und Paul wissen, dass du hier bist. Also keine Sorge, er kann dich hier nicht finden.« Er sah Susan an, die abwesend übers Meer sah.

»Er hat mich gefunden, obwohl ich mir solche Mühe gegeben habe. Und nun ist Cathy verletzt. Ich möchte nicht, dass noch jemand Schaden nimmt.« Eine Träne lief ihr über die Wange. Steven strich sie ihr, ohne nachzudenken, weg. Sie schauten sich in die Augen, es war, als würde die Zeit stehen bleiben. Seine Hand lag immer noch an ihrem Gesicht. Er näherte sich ihr, doch in diesem Moment vibrierte sein Telefon. Er schüttelte den Kopf, nahm die Hand von ihrer Wange und meldete sich.

»Schon auf dem Weg. Ich bin in zwanzig Minuten da.«

»Gibt es etwas Neues?«, fragte Susan, nachdem er das Telefonat beendet hatte.

»Es sind zusätzliche Videos eingetroffen, die uns vielleicht weiterbringen. Ich muss ins Revier.«

Er schluckte und seine Stimme klang rau bei den nächsten Worten. »Geh bitte rein und schließ die Tür hinter dir. Ich komme so bald wie möglich zurück.«

»Pass auf dich auf.« Sie hob die Hand, um ihm über die Wange zu streichen, hielt aber inne, als sie seinen Blick sah. Ihre Hand fiel herunter und sie trat einen Schritt zurück.

»Nicht der richtige Zeitpunkt«, hörte sie ihn murmeln, als er auf das Auto zuging.

*

»Cathy, mein Schatz. Wie geht es Dir?«, fragte Susan, wenngleich sie wusste, dass sie keine Antwort bekommen würde. »Die Schwester war sehr lieb, dass sie uns telefonieren lässt, obwohl es schon so spät ist. Aber ich habe Neuigkeiten für dich.« Sie hielt kurz inne, aber es kam nichts von der anderen Seite. Susan räusperte sich und fuhr weiter. Sie wusste, es war wichtig, dass sie immer weitersprach.

»Du glaubst es nicht, aber ich habe einen Mann kennengelernt. Er ist Polizist und sieht sehr gut aus«, sie kicherte kurz. »Jaja, ich weiß, du willst alles wissen. Also, er ist etwa zwei Köpfe größer als ich, hat blonde Haare, die immer ein wenig verwuschelt aussehen. Und er hat ein Grübchen im Kinn, kannst du dir das vorstellen? Er sieht aus wie der junge Robert Redford. Du weißt, wie gut mir der gefällt«, schmunzelte sie. »Du erinnerst dich, wie gut er in *Jenseits von Afrika* ausgesehen hat?« Sie schluckte heftig, um die Tränen zurückzuhalten. »Cathy? Ich hoffe sehr, dass ich ihn dir bald vorstellen kann. Du musst mich hier unbedingt besuchen. San Rafael ist wirklich eine hübsche Stadt. Durch den spanischen Einfluss und das Meer hat man immer ein wenig Ferienstimmung. Es wird dir hier ganz sicher gefallen. Und tolle Männer gibt es auch.« Susan schluckte schwer.

»Also, meine Liebe. Werde bald gesund und komm her.« Niedergeschlagen legte sie den Hörer auf.

Kapitel 10

Steven saß bereits im Revier. Drei Stunden Schlaf waren definitiv zu wenig. Leider hatten sie die Videos aus den anderen Krankenhäusern nicht weitergebracht, der Mann war zwar zu sehen, aber nicht zu erkennen. Es war schon fast zwei Uhr früh, als sie endlich das Revier verlassen konnten.

Seine beiden Kollegen betraten den Raum und Ryan winkte mit einem Zettel. »Ein anonymer Anruf, jemand hat einen Mann, der auf Edwards passt, bei der Highschool gesehen. Er konnte ihn genau beschreiben, auch die Zeit von Sonntagnacht stimmt.« Elektrisiert sprang Steven vom Stuhl hoch.

»Damit bekommen wir sicher einen Durchsuchungsbefehl. Ryan …«

Dieser hob sein Handy. »Bin schon dabei. Ich schmeiße den Staatsanwalt aus dem Bett, ruf du Ethan an. Wir brauchen auch gleich die Spurensicherung.«

Ryan beendete den Anruf und hob den Daumen. »Wir bekommen den Durchsuchungsbefehl, bis wir dort sind, sollten wir ihn haben.« Eine spürbare Hektik brach zwischen den Beamten aus.

»Los geht's. Helen hat mir bestätigt, dass er die Wohnung nicht verlassen hat.« Steven schlug Paul auf die Schulter. »Wenn alles gut geht, haben wir ihn.«

Paul nickte. »Hoffen wir es.«

*

Mit Blaulicht fuhren sie zur Wohnung von Bill Edwards. Als sie ankamen, stand bereits ein Streifenwagen dort. Der Beamte überreichte ihnen den Durchsuchungsbefehl. Im gleichen Moment fuhr auch Ethan mit seinem Team vor.

»Los, gehen wir und holen uns den Kerl.« Steven ging voran und schloss die Tür mit dem Schlüssel auf, den ihm Susan gestern gegeben hatte. Vorsichtig stiegen sie die Treppe hoch. Sie stellten sich beidseits der Tür auf. Steven klopfte und alle warteten angespannt. Die Tür öffnete sich einen Spalt. Sobald Edwards die Polizisten sah, wollte er die Tür schließen. Doch Steven prallte dagegen und der Verdächtige fiel nach hinten.

»Keine Bewegung. Bleiben Sie ganz ruhig liegen und zeigen Sie mir Ihre Hände.« Ryan drehte den Mann um und legte ihm Handschellen an.

»Hey, ich habe nichts getan, Sie können nicht einfach in meine Wohnung kommen«, schrie er und versuchte, sich von Ryan zu lösen.

»Wir haben einen Durchsuchungsbefehl, also ganz ruhig, dann tut es auch nicht weh.« Ryan zog den Mann auf die Füße und stellte ihn an die Wand.

»Schön hier stehen bleiben und keinen Mucks!« Das Spurensicherungsteam kam in die Wohnung und fing an, diese systematisch zu durchsuchen. Ryan übergab den Mann an einen Streifenbeamten und folgte den anderen.

»Steven?« Ethan hielt etwas in die Höhe. »Ich denke nicht, dass das dem Typ gehört.« Steven erkannte verschiedene Geldbörsen. Er trat auf den Mann der Spurensicherung zu, nahm ihm diese aus der Hand und öffnete sie.

»Bingo, der Ausweis von Melanie Scott. Und hier die von Lucy Winters. Wir haben ihn«, rief Steven erleichtert.

Paul holte eine der Börsen aus der Schachtel. Er öffnete sie und nahm einen Führerschein in die Hand.

»Und hier haben wir eine vom Opfer aus Las Vegas.«

Wütend trat er auf Edwards zu. »Wo ist die Frau? Wo hast du Terry versteckt?« Er packte ihn am Kragen. »Nun rede schon«, schrie der Agent den Mann an. Dieser zog den Kopf ein. »Ich weiß nicht, was Sie von mir wollen. Das Zeug habe ich nie gesehen«, winselte der Verdächtige. Steven zog Paul weg und wandte sich an die Streifenbeamten.

»Bringt ihn aufs Revier, wir kommen gleich nach. Wir dürfen keine Zeit verlieren. Wir müssen Terry so schnell wie möglich finden!«

Ryan wandte sich an Steven. »Du musst Matt informieren, dass alles in Ordnung ist.«

»Das sollte ich wohl«, murmelte dieser. Ryan sah seinen Partner an. »Was ist los?«

»Ich weiß nicht, das ging mir jetzt alles ein wenig zu glatt.« Steven runzelte die Stirn und ging langsam zur Tür. »Aber du hast recht, ich muss ihn informieren. Ich denke, sie kann zurück in die Wohnung, er soll aber bei ihr bleiben.«

Kurze Zeit später hatte Steven seinen Bruder am Telefon. »Dann kann ich sie nach Hause bringen?«, fragte Matt.

»Ich denke, sie sollte jetzt sicher sein. Wir haben klare Beweise, dass Bill Edwards der Mörder ist.« Steven hörte ihn aufatmen. »Aber bleib bei ihr, bis ich komme. Wir müssen trotzdem vorsichtig sein. Ich habe ein ganz komisches Gefühl, das ging irgendwie zu einfach.«

»Wir werden hier essen, danach fahre ich sie nach Hause und warte bei ihr, bis du da bist.«

»Alles klar, vielen Dank, Matt. Sag ihr, ich komme vorbei, sobald ich hier wegkomme.«

»Diese Susan ist ein hübsches Mädchen.«

»Lass bloß die Finger von ihr, hörst du? Du sollst sie nur beschützen«, knurrte Steven.

»Ist ja gut. Krieg dich ein. Sie ist eh nicht mein Typ.« Steven höre Matts Lachen durch die Leitung.

»Danke, ich schulde dir was, Matt.«

»Ich werde dich daran erinnern, Kleiner.«

Paul stand an der Tafel und schaute gedankenverloren auf die Fotos. Er drehte sich um, als er Stimmen hörte, die auf den Konferenzraum zukamen. Steven und Ryan traten ein, gleich dahinter Helen und Marc. Kurz darauf kam der Chief hinzu. »Vielen Dank, dass ihr alle gekommen seid. Wir haben viel zu tun. Die Zeit von Terry läuft bald ab.« Alle wussten, was das bedeutete und alle wollten sie lebend finden. »Also, wie gehen wir vor?« Chief Abott blickte in die Runde. Steven räusperte sich.

»Wir müssen größeren Druck machen. Wir brauchen die Info, wo Edwards sie festhält. Solange er schweigt, ist sie in Gefahr. In seiner Wohnung war kein Anhaltspunkt. Aber wir haben auch nicht gedacht, dass er sie zu Hause hat, er braucht mehr Abgeschiedenheit. Bis jetzt haben wir aber nichts gefunden, das auf ein Grundstück oder Ähnliches hinweist, welches ihm gehört.«

Ryan raschelte mit den Papieren. »Wir sind dabei, seine Alibis zu überprüfen für die Morde in den anderen Städten. In der nächsten Stunde sollten wir Infos aus Las Vegas erhalten. Er behauptet ja, nie dort gewesen zu sein. Für die restlichen Taten hat er kein Alibi.«

Chief Abott runzelte die Stirn. »Was ist mit Susan Wright?«

»Mein Bruder bringt sie nach Hause. Ich werde bei ihr vorbeifahren, sobald wir hier alles geregelt haben. Aber im Moment sollte sie in Sicherheit sein.«

»Hoffen wir es, machen sie auf jeden Fall Druck. Ich möchte Terry lebend finden.«

*

»Susan, hallo?« Ihr Kopf ruckte in die Höhe. Sie merkte, dass sie nicht mehr mitbekommen hatte, was um sie herum vorging. Matt und Peter schauten sie besorgt an. Es schien, als hätten sie sie etwas gefragt. »Entschuldigung, ich war ganz in Gedanken. Was haben Sie gesagt?«

»Ich wollte wissen, ob Sie noch etwas zu trinken möchten.« Matt musterte sie.

»Gerne, vielen Dank«, erwiderte sie und hob ihm ihr Glas entgegen.

Peter schaute sie aus warmen Augen an. »Sie wissen Susan, Sie können mit uns über alles reden. Vielleicht wäre es jetzt an der Zeit, wenn Sie uns erzählen würden, was geschehen ist und warum dieser Mann es auf Sie abgesehen hat.« Susan wusste, sie konnte es nicht mehr hinauszögern. Zudem wollte sie den Menschen, die ihr Unterschlupf gewährt hatten, nicht länger die Wahrheit vorenthalten. In diesem Moment kam auch Sophia ins Esszimmer. Sie bemerkte die angespannte Stimmung und wusste auch schnell, wer dafür verantwortlich war.

»Lasst Susan in Ruhe, sie hat doch wirklich genug durchgemacht, ohne dass ihr sie nerven müsst«, wies sie die Männer zurecht.

»Ist schon in Ordnung, Sophia, vielen Dank. Aber die beiden haben recht.« Susan schloss einen Moment die Augen und fing dann an, zu erzählen. Alle hörten ihr zu, ohne sie zu unterbrechen. Nach gefühlten Stunden verstummte sie. Nur langsam kam sie in die Wirklichkeit zurück, schlug die Augen auf und sah in drei schockierte Gesichter.

»Mein Gott, Susan. Sie sind ja durch die Hölle gegangen.« Sophia drückte ihre Hand. »Aber jetzt ist es vorbei und sie können endlich zu Leben anfangen. Aber was ich immer noch nicht verstanden habe, warum machte er das und was hatte das Ganze mit Ihnen zu tun?«

»Ich habe keine Ahnung. Ich weiß nicht, was ich getan habe und warum dieser Mann mich so sehr hasst.« Susan schlug die Hände vor das Gesicht. »So viele Frauen sind gestorben und ich bin schuld daran.«

»Blödsinn, Sie können nichts dafür.«

Ein kleines Lächeln stahl sich in ihr Gesicht. »Vielen Dank, Sophia.«

Er beobachtete, wie die Polizisten den armen Edwards in Handschellen abführten. Nach und nach kamen die Detectives, der FBI-Fuzzi und die Spurensicherung aus dem Haus. Einer trug den Karton in der Hand, den er so vorsichtig platziert hatte. Der Plan schien aufgegangen zu sein und hoffentlich kam seine Susan bald nach Hause. *Ich werde auf dich warten. Ich freue mich schon sehr auf dich.*

Als alle Polizisten weggefahren waren, machte er sich auf den Weg zum Eingang. Er zog den nachgemachten Schlüssel aus der Tasche und öffnete die Eingangstür. Lauernd schaute er hinein, niemand zu sehen. Er schlüpfte durch den Spalt und machte die Tür zu. Langsam durchquerte er den Gang, um zur Wohnung von Susan zu gelangen. Ein Geräusch ließ ihn innehalten. Lauschend stand er da, die Hand um den Griff der Waffe gelegt und wartete, ob jemand kam. Gut, nichts mehr zu hören.

Er trat auf die Wohnungstür zu und steckte den Schlüssel ins Schloss. Lächelnd drehte er ihn um und öffnete. Er trat ein und zog die Tür zu. Ein Blick auf den Schaltkasten zeigte ihm, dass die Alarmanlage nicht eingeschaltet war. Verzückt sog er den Geruch seiner Geliebten in die Lungen. Aufgeregt sah er sich in der Wohnung um, konnte nicht glauben, dass er dem Ziel so nahe war. Suchend sah er sich nach einem geeigneten Platz für die Wartezeit um. Sie würde überrascht sein, ihn zu sehen. Hoffentlich dauerte es nicht mehr lange.

Kurze Zeit später hörte er, wie sich der Schlüssel im

Schloss drehte. Die Tür wurde einen Spalt geöffnet. Er sah, wie Susan den Raum betrat, hinter sich einen Mann mit blonden Haaren, der eine Tasche trug.

Er wartete, bis die Tür geschlossen war und Susan in seine Nähe kam.

»Hallo, Susan. Freut mich, dass du endlich da bist.« Die Angesprochene wirbelte erschrocken herum. Sie starrte auf die Hand mit der Waffe, nicht fähig einen Ton zu sagen.

Er schüttelte den Kopf, als ihr Begleiter nach seiner Pistole griff. »Lassen Sie das, Sie haben keine Chance. Wenn Sie ziehen, ist sie tot. Und das wollen wir doch nicht, oder?« Er wedelte mit der Hand. »Los, weg von der Tür, stellen Sie sich mit dem Gesicht zur Wand.«

Susan erwachte aus ihrer Erstarrung.

»Leo?«, fragte sie. »Was soll das, was machst du hier? Und was willst du mit der Pistole?« Entsetzt starrte sie auf den Fahrradmechaniker, der ohne Brille und Bauch ganz anders aussah.

»Ach, meine Schöne, hast du noch immer nicht begriffen? Die Bullen haben den Falschen erwischt. Ich gebe zu, ich habe ein wenig nachgeholfen. Aber was blieb mir anderes übrig, als er dich weggeschafft hat und dir diesen Affen hier als Bodyguard zurückließ?« Verächtlich zeigte er auf Stevens Bruder.

»Ich verstehe überhaupt nichts mehr. Was soll das, was habe ich dir getan?«

»Das, meine liebe Susan, wirst du bald erfahren, hab ein wenig Geduld.«

Leo trat hinter Matt und hieb ihm den Pistolenknauf über den Kopf.

»Schlaf gut.« Susan schrie auf und er drehte sich zu ihr um. »Ach komm, er wird nur ein wenig Kopfschmerzen haben, ihm ist nichts passiert.«

Sie wich vor ihm zurück, als er mit dem Elektroschocker auf sie zukam.

»Gute Nacht, Susan, süße Träume.«

»Terry hat vielleicht keine vierundzwanzig Stunden mehr zu leben.« Frustriert schlug Steven mit der Faust auf den Konferenztisch. Alle schauten betreten zur Seite. »Wir wissen nicht, in welchem Zustand sie sich befindet, ob sie etwas zu essen oder zu trinken hat – ob sie überhaupt noch lebt. Solange der Scheißkerl nicht redet, haben wir keine Ahnung, wo wir suchen sollen.« Steven raufte sich die Haare. Suchend sah er sich um. »Und wo ist Paul, verdammt noch mal?«

Dieser kam außer Atem in den Raum gerannt. »Leute, wir haben ein Problem. Er hat ein Alibi für Las Vegas.«

Steven schaute ihn ungläubig an. »Er hat was?«, schrie er und warf die Hände in die Luft.

»Wovon redest du, verdammt?«, fragte Ryan ungeduldig.

»Als die Frau in Las Vegas umgebracht wurde, war Edwards in einem Kuhkaff in der Nähe von Dallas im Knast.«

»Das ist jetzt nicht dein Ernst, oder?« Ryan plumpste auf den Stuhl zurück.

»Leider doch, es gibt keinen Zweifel. Die Frau kann er nicht umgebracht haben. Und da niemand von den Nadeln wusste, außer dem Täter, kann er nicht unser Mörder sein.« Paul nahm einen tiefen Atemzug. »Leute, wir haben den Falschen erwischt.«

Steven wurde aschfahl und eine Eiseskälte breitete sich in seinem Körper aus. Blitzschnell schoss er aus dem Stuhl. »Und Susan ist zu Hause und genau das hat er gewollt. Der Mistkerl bringt uns auf eine falsche Spur und holt sich nun seine Trophäe. Wir müssen sofort dahin.«

Noch im Laufen wählte er die Nummer von Matt »Verdammt, nimm endlich ab.« Er trennte die Verbindung und rief seinen Vater an. »Dad?«

»Hallo, Steven, alles …«

»Dad, wo ist Matt? Bitte schnell, ich muss ihn dringend sprechen.«

»Steven, die beiden sind schon vor über zwei Stunden zu Susan nach Hause gefahren. Was ist denn …«, doch sein Sohn hatte die Verbindung unterbrochen, und folgte den anderen aus dem Revier.

Es hämmerte in ihrem Kopf. Mühsam versuchte Susan, die Lider zu öffnen. Die Helligkeit schnitt in ihr Gehirn wie ein Messer. Hastig kniff sie die Augen zu. *Was ist nur los? Solche Kopfschmerzen hatte ich lange nicht mehr. Hoffentlich sind ein paar Tabletten im Bad. Ich muss aufstehen und ein paar nehmen, mir platzt der Schädel.*

Sie wollte die Bettdecke zurückschlagen, aber ihre Arme gehorchten ihr nicht. Sie versuchte, den Oberkörper anzuheben, ein Schmerz in ihren Schultern ließ sie innehalten. »Was zum Teufel …« Mühsam öffnete sie die Augen und langsam nahm sie ihre Umgebung wahr.

Wo bin ich hier? Das ist nicht mein Schlafzimmer, auch nicht das Zimmer bei den Colbys.

Sie versuchte, den Kopf zu drehen, stöhnend hielt sie inne. Ein Versuch, eine Hand an den Kopf zu legen, scheiterte. *Was ist mit meinen Armen los?* Sie schaute nach oben und sah, dass diese, mit einem Strick gefesselt, an Eisenringen hingen, die in die Decke betoniert waren. Langsam senkte sie den Kopf nach unten auf ihre festgebundenen Füße und erstarrte.

Sie war vollkommen nackt.

Sie riss und zerrte an den Fesseln, aber das bewirkte nur, dass sich ihre Handgelenke aufscheuerten.

Wo bin ich hier nur?

Sie schloss die Augen und im nächsten Moment riss sie diese erneut auf. Schlagartig fiel ihr ein, was passiert war.

Leo!

Panisch blickte sie sich um und blieb an einem Stuhl hängen. Eine Frau, nackt und gefesselt. Susan sog scharf die Luft ein, als sie den malträtierten Körper betrachtete.

»Terry? Terry, sind Sie das?«, flüsterte sie leise. Die Frau auf der Liege regte sich langsam. Sie versuchte weiter, ihre Aufmerksamkeit zu erhalten. »Terry, bitte antworten Sie mir.« Vom Stuhl kam nun ein Röcheln. Susan lief es kalt den Rücken hinunter.

»Wer ist da?«, stammelte die gepeinigte Frau nach einiger Zeit.

»Mein Name ist Susan. Sind Sie Terry?«

»Können Sie mir helfen?« Ein Husten schüttelte die wehrlose Frau.

»Leider nicht, ich bin angekettet. Wissen Sie, wo wir hier sind?«

»Ich habe keine Ahnung. Wie lange bin ich denn schon hier? Sucht jemand nach mir?«, flehend kamen diese Worte aus Terrys Mund.

Susan schluckte. Sollte sie ihr sagen, dass sie seit zwei Tagen in der Gewalt des Irren war? Und dass man zwar nach ihnen suchte, aber sie nicht finden würde? In diesem Moment fing Musik an zu spielen. Terry fing an zu schluchzen. »Er kommt! Ich halte die Schmerzen nicht mehr länger aus.«

»Schscht. Bleiben Sie ruhig. Sie sind nicht mehr alleine hier.«

Susan drehte den Kopf Richtung Treppe. Sie sah, wie Leo die Stufen nach unten kam. Entsetzt registrierte sie, dass auch er nackt war.

»Na, meine Schöne, du bist ja wach. Hast du gut geschlafen?«

Er kam mit langsamen Schritten auf sie zu. Terry zog und zerrte an den Fesseln. Er drehte sich zu ihr um.

»Mein Liebe, du bist ja schon ganz aufgeregt, kannst es nicht erwarten. Aber du musst ein wenig Geduld haben, ich habe ein paar Dinge zu erledigen, bevor ich mich dir widmen kann.«

Lächelnd wandte er sich Susan zu. »Du warst nicht sehr nett. Du hast mir einen Strich durch meine Planung gemacht, als du dich mit der Polizei eingelassen hast. Warum hast du das getan? Liebst du mich denn nicht mehr?«

Susan schluckte. »Leo, was habe ich dir denn angetan? Ich fasse es nicht. So viele Monate und ich habe nie etwas bemerkt.«

»Was du gemacht hast? Frag dich, was du nicht getan hast! Du hast nur zugesehen, als man mich schikaniert hat. Und du hast mir nicht geholfen. Du wirst büßen für das, was du nicht getan hast.« Verständnislos sah Susan ihn an. »Ich weiß nicht, was du damit meinst. Wann soll das gewesen sein?« Tiefe Falten gruben sich in ihre Stirn. Fieberhaft dachte sie nach.

»Erinnerst du dich an die Highschool? An die drei Mädchen, die mich immer mit Nadeln gestochen haben?«

Sie starrte ihn an. Konnte das sein? Das war nicht möglich. Dieser durchtrainierte Mann sollte der schmächtige Junge von einst sein? Er schien genau den Augenblick zu erkennen, als ihr klar wurde, wen sie vor sich hatte.

»Du?«

»Ich sehe, du erinnerst dich. Darf ich mich vorstellen? Vincent Leo Bishop.« Höhnisch grinsend verbeugte er sich vor ihr. Fassungslos starrte sie ihn an.

»Warum hast du all diese Frauen getötet? Du hättest doch nur mich umbringen müssen«, schrie Susan und zerrte an den Fesseln.

»Selbst schuld. Du bist weggelaufen. Ich wollte doch nur mit dir zusammen sein.«

Susan schluckte. Mit Entsetzen sah sie, wie er zu Terry schlenderte. Ihr Blick fiel auf das Tattoo mit dem großen »S« und den roten Rosen auf seinem Rücken, welches das ganze Ausmaß seiner Besessenheit von ihr zeigte.

Sie musste verhindern, dass er die wehrlose Frau weiter quälte. Ihn ablenken.

»Du brauchst sie doch nicht mehr. Du hast mich ja jetzt gefunden. Lass sie doch bitte gehen, damit wir alleine sein können«, schmeichelte sie ihm.

»Deine Einsicht kommt zu spät. Ihr beide werdet sterben und dafür büßen, was ihr mir angetan habt.«

Susan sah zu Terry, und hoffte, dass sie sich mit ihr verständigen konnte. Aber die geschundene Frau sah nur mit leerem Blick an die Decke.

»Damit kommst du nicht durch. Sie sind sicher schon auf der Suche nach mir.«

Sein hämisches Lachen verursachte ihr eine Gänsehaut.

»Sie können suchen so viel sie wollen. Sie werden uns nicht finden.«

Mit quietschenden Reifen hielt Steven vor Susans Haus. Ohne auf die anderen zu warten, sprintete er auf die Eingangstür zu, schloss sie auf und rannte in den Gang. Schon von Weitem sah er die Wohnungstür einen Spalt offen stehen. Er drehte sich um, hielt einen Finger an die Lippen und deutete nach vorn. Paul und Ryan nickten ihm zu.

Langsam schlichen sie auf die Tür zu – alles ruhig. Sie postierten sich und Steven stieß die Tür auf. Er verständigte sich mit seinen zwei Kollegen und trat vorsichtig in die Wohnung. Rechts lag Matt bewegungslos auf dem Boden. Während Paul und Ryan den Rest des Apartments sicherten, kniete sich Steven neben seinen Bruder und fühlte den Puls. Erleichtert atmete er aus.

»Matt, komm wach auf«, rief er und schüttelte den bewusstlosen Mann. Dieser stöhnte und kam langsam zu sich. Er griff nach Stevens Hand und setzte sich auf.

»Was ist passiert?« Matt schüttelte den Kopf und zuckte vor Schmerzen zusammen. »Scheiße, tut das weh.« Steven hatte im Moment keinen Nerv dafür. »Wo ist Susan, was hat er mit ihr gemacht?«

»Musst du so schreien?«, knurrte sein großer Bruder.

»Wir haben keine Zeit, reiß dich zusammen, Susan ist weg. Er hat sie geholt.« Entsetzt sah Matt ihn an.

»Scheiße, das konnte ich nicht ahnen. Du hast mir gesagt, ihr hättet den Kerl.« Vorwurfsvoll sah er Steven an.

»Er war's nicht. Wir wurden verarscht.« Er stand auf, als Paul und Ryan zurückkamen.

»Warum hat er den Zeitplan geändert, er hat doch Terry, weshalb hat er jetzt schon zugeschlagen?«, fragend sah er seine beiden Kollegen an.

Ryan trat zu ihm. »Darauf habe ich vielleicht eine Antwort.« Wortlos hielt er Steven etwas hin.

»Was zum Teufel ist das?« Er drehte das winzige Objekt hin und her. »Ist das eine Kamera?«

Matt nahm ihm das Ding aus der Hand. »Richtig, und dazu die neueste Technologie. Der Kerl weiß Qualität zu schätzen.«

Aufgebracht riss ihm Steven die Kamera aus der Hand und wandte sich an Ryan. »Wo habt ihr das gefunden?«

»Die im Schlafzimmer und es gibt noch mehr davon. Der Mistkerl hat die ganze Wohnung überwacht.«

Steven wurde aschfahl. »Dann hat er gewusst, dass wir Susan beschützen. Er hat alles mitbekommen. Jetzt ist mir klar, warum er so schnell reagiert hat.« Er wandte sich an seinen Bruder. »Bitte, Matt, wer hat dich niedergeschlagen, hilf uns, es ist wichtig.«

»Sie hat ihn *Leo* genannt. Sie schien ihn zu kennen. Hat irgendwas von Fahrrädern gefaselt.«

»Leo? Der Typ aus dem Fahrradladen, der mit Adventure Tours zusammenarbeitet? Sie meinte, dass ihr jemand regelmäßig die Luft rauslässt.« Ungläubig schüttelte Steven den Kopf. »Auf den wäre ich jetzt nie gekommen. Paul, frag doch in euren genialen Datenbanken nach, wie er richtig heißt und welche Immobilien ihm in San Rafael gehören. Ich kann mir nicht vorstellen, dass er das alles in seinem Fahrradladen durchgeführt hat.«

Paul hatte schon die Nummer des FBI in San Francisco gewählt. Steven gab ihm die Adresse vom Laden an. Ungeduldig wartete er auf die Rückmeldung von Paul.

»Der Chief war nicht gerade begeistert, aber ein SWAT-Team wartet auf unseren Befehl, sobald wir wissen, wohin es geht.« Ryan legte Steven die Hand auf die Schulter. »Wir werden sie finden.«

»Aber auch rechtzeitig genug?« Paul beendete sein Telefonat. »Er hat eine Lagerhalle in der Nähe des Fahrradladens. Ich habe die Adresse und schicke sie an den Chief für das SWAT-Team.«

»Matt du bleibst bei Mom und Dad.« Eine Handbewegung von Steven ließ ihn den Mund zuklappen. »Nur für den Fall das wir uns irren und er zurückkommt. Ich möchte nicht, dass sie ohne Schutz sind.« Matt nickte resigniert.

Steven sah zwischen Paul und Ryan hin und her. »Los, gehen wir und holen die Mädchen zurück.«

Samstag, 7. Mai, 21:15 Uhr

Ein Stöhnen ließ Susan aufmerken. Sie wandte den Kopf, um nach ihrer Leidensgenossin zu sehen. »Terry?« Aus den Augenwinkeln sah sie den Stuhl, auf dem die Frau festgeschnallt war. »Bitte antworte mir«, flehte sie.

Doch diese brachte nur ein Stöhnen über die Lippen. Tränen liefen Susan über die Wangen. »Bitte, Terry, halte durch, sie werden uns finden, da bin ich ganz sicher.«

Sie versuchte, die Fesseln loszuwerden. Aber sie hatte keine Chance, konnte die Hände nicht einen Millimeter bewegen. Erschöpft hielt sie inne. Lauchend legte sie den Kopf auf die Seite. Ihr Puls schoss in die Höhe, als sie hörte, wie jemand die Treppe herunterkam.

»Na, meine Schönen, geht es euch gut? Habt ihr mich vermisst?« Mit Grauen sah sie Leo entgegen.

Sie hielt die Luft an, als er auf sie zukam. »Leo, nein, was soll das? Binde mich sofort los, wir können doch miteinander reden.« Sein Atem strich über ihren Hals, als er ihr leise ins Ohr flüsterte: »Leider habe ich keinen zweiten Stuhl, aber es wird auch so gehen. Ich werde dir jetzt zeigen, was dich erwartet. Du wirst es genießen. Nicht wahr, Terry?«

Es kam keine Reaktion. Sie hatte die Augen geschlossen und atmete nur noch ganz flach.

»Lass sie in Ruhe. Du willst doch mich! Also, nun hast du mich gefunden und kannst sie in Frieden lassen. Mach mit mir, was du möchtest, aber tue ihr nicht weh.« Susan spie die Worte in seine Richtung. Er lachte nur und stapfte in die Ecke, wo die Arbeitswerkzeuge lagen.

»Hab noch etwas Geduld. Du kommst auch dran, aber

zuerst muss ich mein letztes Kunstwerk abschließen. Wir wollen doch nicht, dass die Arbeit unvollendet bleibt, oder?«

Er schob den Wagen zu Terry. Beim Geräusch der klirrenden Nadeln fuhr ein Ruck durch den gequälten Körper. Wild versuchte sie, die Fesseln zu lösen.

»Du Monster, lass sie in Ruhe!« Susan riss an den Stricken. »Sie hätten dich an der Schule nicht mit Nadeln stechen sollen.« Sie presste die Zähne zusammen bei den folgenden Worten: »Sie hätten besser gleich ein Messer genommen.«

Susan wusste, dass sie mit ihrem Leben spielte, wenn sie ihn wütend machte. Aber sie musste das Risiko eingehen und Zeit gewinnen. Sie hoffe, dass die Polizei sie finden würde und da war jede Minute wichtig.

Mit hochrotem Gesicht kam er auf sie zu. Sie zuckte zurück, als er mit einer großen Nadel vor ihren Augen herumwedelte. Nah bei ihr blieb er stehen und strich mit der Spitze über ihre Wangen. Seine andere Hand umfasste ihre Brust und streichelte sie zärtlich. Angeekelt versuchte sie, von ihm wegzukommen. »Du kannst es wohl nicht erwarten, dass ich mich endlich mit dir beschäftige. Bald gehöre ich ganz dir.«

Sie sah ihn an und spuckte ihm ins Gesicht. Im gleichen Moment wusste sie, dass sie einen Fehler gemacht hatte. Er trat einen Schritt zurück und wischte den Speichel ab. Seine Hände zitterten und es gelang ihm kaum, die Wut im Zaum zu halten. Mit einem teuflischen Grinsen sah er sie an und zeigte auf Terry. »Du hast es dir zuzuschreiben, dass sie nun ein wenig länger leiden darf. Und du wirst zusehen.«

»Bitte, es tut mir leid. Ich wollte dich nicht beleidigen. Lass sie nicht dafür büßen, was ich getan habe.«

»Zu spät. Ich wollte ihr weitere Schmerzen ersparen und es schnell hinter mich bringen, um mich dann dir zu widmen, aber nun wird es doch ein wenig länger dauern.«

Entsetzt sah Susan, wie er einen Handschuh anzog und den Bunsenbrenner anstellte. Terry zuckte beim Geräusch der zischenden Flamme zusammen und fing an zu wimmern.

»Na, meine Schöne? Du kannst es wohl gar nicht erwarten, dass es weitergeht. Ich bin ja schon bei dir.« Er hielt eine der Nadeln in die Flamme. Entsetzt sah Susan, wie diese anfing zu glühen, perfekt präpariert, um möglichst große Schmerzen zu bereiten. Lächelnd sah er zu ihr hin und nahm die Nadel aus dem Feuer.

»Nein.« Susan zerrte an ihren Fesseln. »Hör sofort auf, das kannst du nicht machen.«

Er leckte über die Lippen, holte aus und trieb die glühende Nadel in den Bauch von Terry. Diese bäumte sich unter dem Schmerz auf und ein Schrei, der nur als Röcheln aus ihrer ausgedörrten Kehle kam, verließ ihren Mund.

Susan schloss die Augen und die Tränen liefen ihr über die Wangen. Resigniert ließ sie den Kopf sinken. »Es tut mir leid, Terry, das habe ich nicht gewollt.«

»Du schreist ja gar nicht mehr.« Er strich seinem Opfer zärtlich über die Haare. »Du brauchst wohl ein wenig Wasser. Ohne Schreien macht das Ganze nur halb so viel Spaß.« Er nahm eine Flasche und hob sie ihr an die Lippen. Diese versuchte, den Kopf zu derhen, sie wollte nicht trinken, ihm keine Genugtuung geben. Doch er drückte seine Finger schmerzhaft in ihren Kiefer. »Na, geht doch.«

Er flößte ihr das Wasser ein. Sie keuchte auf und hustete das meiste aus.

Er stellte die Flasche zurück auf den Wagen. Behutsam suchte er sich eine neue Nadel aus. Mit einem zärtlichen Blick schaute er auf Terry. »Du bist so atemberaubend. Du wirst neben Susan mein bewundernswertestes Stück werden. Es sind so viele Nadeln übrig, da können wir uns ein paar Stunden vergnügen.« Er strich mit seinen Fingern über die Brüste von Terry und liebkoste ihre Brustwarzen. Susan konnte den Blick nicht abwenden, wollte die Gepeinigte nicht alleine lassen.

Als er die nächste glühende Nadel in den Körper von Terry stach, wusste sie, dass sie beide noch einiges auszuhalten hatten.

Steven, Ryan und Paul zogen die schusssicheren Westen an. »Du weißt, ich finde es nicht gut, wenn du mit reinkommst. Du bist zu tief drin und wir wissen nicht, was wir vorfinden«, warf Ryan ein.

»Keine Chance, ich werde nicht hier draußen warten, das könnt ihr vergessen«, zischte er. Stevens Hand zitterte, als er das Ersatzmagazin in seine Tasche schob.

Ryan wusste, dass es keinen Sinn hatte, weiter mit ihm zu diskutieren.

Der SWAT-Commander kam auf die drei zu. »Wir haben den Grundriss des Gebäudes erhalten. Oben ist eine große Halle. Ich gehe davon aus, dass er sie nicht dort festhält. Man würde von außen die Schreie hören. Es gibt hinten je zwei Kellerräume, beide sind über eine Treppe erreichbar. Sobald wir eine der Türen öffnen und runtergehen, ist die Überraschung vorbei. Also Vorsicht.«

Steven zog die Waffe. »Los, gehen wir rein.«

»Stopp, Detective. Sie warten, bis alles gesichert ist. Wir wissen nicht, was wir vorfinden.«

»Aber wir haben keine Zeit zu verlieren, ich will …«

»Genau, und je länger wir hier streiten, je mehr Zeit geht vorbei.« Der Commander sprach kurz in sein Mikro. »Ich habe hier die Einsatzleitung, darüber diskutiere ich nicht. Entweder Sie halten sich an meine Anweisungen oder ich lasse Sie entfernen. Ist das klar?« Die beiden standen sich gegenüber und starrten sich an. Ryan zog Steven zurück.

»Er hat recht, lass das SWAT-Team reingehen und die Lage sondieren. Wenn wir reinstürmen, helfen wir den beiden nicht.« Steven wusste, dass er recht hatte, aber er war von Angst erfüllt, dass er keinen klaren Gedanken fassen konnte. Paul packte ihn an der Schulter. »Steven. Reiß dich zusammen. Wir schaffen das und den Frauen wird nichts passieren. Hab Vertrauen zu dem Team, die wissen, was sie tun.«

Endlich drang Paul zu Steven durch. Dieser atmete ein paarmal ein und aus. »Danke, Jungs«, erwiderte er und wandte sich an den Leiter des Einsatzkommandos. »Entschuldigen Sie, Sie haben recht, tun Sie, was Sie tun müssen, wir halten uns zurück«, versicherte Steven. Noch nicht ganz überzeugt sah ihn der Commander an. Er zögerte, aber nickte dann. Leise gab er seinem Team die nötigen Anweisungen.

Langsam schlichen die Männer auf das Gebäude zu. Steven, Ryan und Paul folgten ihnen mit Abstand.

Susan hing resigniert an der Decke. Die Schreie von Terry waren verstummt und nur ein leises Stöhnen zeigte, dass diese noch lebte. Sie spürte plötzlich die Nähe von Leo. »Mach die Augen auf und sieh mich an.« Sie schüttelte den Kopf. »Sieh mich an oder ich bringe sie gleich jetzt um.«

Langsam öffnete Susan die Lider. Er stand ganz nahe bei ihr, mit einer Nadel in der Hand. Sie zuckte zurück.

»Nun bist du an der Reihe.« Er fuhr mit der Zunge über die Lippen. »Lange habe ich auf diesen Moment gewartet.« Er packte sie an der Schulter und drehte sie. Fasziniert schaute er sie an. »Du bist wunderschön. Ich wusste, dass es sich lohnt, auf dich zu warten.« Er senkte die Nadel zu ihren Brüsten. Panik trat in ihre Augen und sie versuchte, ihm auszuweichen.

»Hab keine Angst, ich werde dir nichts tun«, ein teuflisches Lachen verzog seine Lippen. »Noch nicht.«

Ein Schauer durchlief Susan, als er ihre Brustwarzen berührte. Zärtlich strich er darüber. Er senkte den Kopf und fuhr mit der Zunge über eine der dunklen Knospen. Sie wimmerte und versuchte, sich ihm zu entziehen. Lachend sah er sie an. »Du kannst mir nicht mehr entkommen, Susan. Zu lange habe ich auf dich gewartet und niemand wird uns hier finden. Denn keiner weiß, wer ich bin und warum ich das tue. Hör auf, dir Hoffnungen zu machen, dass dein Detective dich findet.«

Ihr Kopf ruckte in die Höhe.

»Da bist du überrascht? Genau, ich weiß von dir und dem Detective und wie ihr euch angesehen habt. Schade, dass er sich wie ein Gentleman benommen und gewartet hat. Nun wird er nie erleben, wie es sich anfühlt, dich zu berühren.«

Langsam fuhr er mit den Fingern über ihre Brüste, über ihren Bauch und legte seine Hand auf ihre Scham. Alle Muskeln in ihrem Körper spannten sich an und Tränen liefen ihr aus den Augenwinkeln. Er küsste sie ihr von den Wangen. »Nicht weinen, meine Schönste. Es dauert nicht mehr lange.«

Susan presste ihre Schenkel zusammen, doch er zwängte die Hand dazwischen und stieß einen Finger in sie. Er stöhnte auf und drückte seinen harten Schwanz an ihre Hüfte. Sie würgte und schloss die Augen. Betete, dass es schnell vorbei wäre. Sie wusste, wenn nicht ein Wunder geschah, würde sie hier und heute sterben.

Sie beobachtete, wie er auf den kleinen Rollwagen zuging und diesen zu ihr schob. Er strich über die Nadeln und wählte eine mit rotem Kopf aus. »Die Schönsten habe ich für dich aufbewahrt, meine Geliebte.« Er hielt die Nadel in die Flamme und Susan musste zusehen, wie diese einen rötliche Farbe annahm. Langsam zog er sie zurück und kam auf sie zu. Sie zuckte zusammen, als er mit seinen Fingern über ihren Körper fuhr. Sie schloss die Augen, als sie die Hitze auf ihrer Haut fühlte. Langsam stach er ihr die Nadel ins Gesäß. Die Schmerzen ließen sie fast ohnmächtig werden. Doch sie biss die Zähne zusammen, wollte nicht schreien.

»Bitte schrei für mich, Susan. Es wird dir dabei gleich besser gehen.« Sie schüttelte heftig den Kopf.

»Du wirst schreien«, versprach Leo und strich ihr über die Wange. »Ganz bestimmt, das haben bis jetzt alle getan.«

Wie lange würde sie durchhalten? Die Schmerzen waren kaum auszuhalten. Ihre Muskeln zogen sich zusammen und ihr Herz schlug rasend schnell, als er näher kam. Er strich über ihre Brust. *Nicht in die Brust, das halte ich nicht aus.* Er fuhr mit der Nadel ganz nahe an ihrer Brustwarze vorbei. Sie biss die Zähne zusammen. Der Schmerz war unbeschreiblich, als er sie langsam in ihren Bauch hineintrieb. Sie riss die Augen auf, Tränen liefen über ihre Wangen und sie schrie.

Ein Mitglied des SWAT-Teams zog das Tor auf und sie stürmten in die Halle. Steven folgte ihnen. Der Raum war vollgestellt mit Mountainbikes und Zubehör. Auf jeden Fall waren sie am richtigen Ort.

»Steven«, flüsterte Paul und zeigte in die linke Ecke. Er drehte den Kopf in die gezeigte Richtung. Eine improvisierte Wohnung, mit Sofa, Esstisch und einer kleinen Küchenzeile war dort aufgebaut. Sogar ein Stück Holzboden war verlegt worden. Was die Männer jedoch stocken ließ, waren die unzähligen Fotos von Susan, die an den Wänden hingen.

»Heilige Scheiße«, zischte Steven und trat darauf zu. Nahm eines der Fotos in die Hände und streckte es Paul entgegen. »Sieht aus, als hätten wir seinen Unterschlupf gefunden.« Ein Knarren des Holzbodens riss die beiden aus ihrer Erstarrung und sie wirbelten herum.

»Ohoh, ganz langsam, Jungs«, zischte Ryan. Erleichtert ließen Paul und Steven die Waffen sinken.

»In der Halle ist nichts, sie gehen gleich die erste Treppe runter.«

Sein Partner streckte den Daumen hoch und nickte ihm zu. Geduckt schlichen die drei durch die Halle.

Bilder eines anderen Einsatzes schossen Steven durch den Kopf. Schweißperlen traten ihm auf die Stirn und für einen Moment schwankte der Boden unter seinen Füssen. *Was, wenn er wieder zu spät kam. Wenn Susan und Terry bereits tot waren, wie die Kinder.* Sein Herz raste und er atmete tief ein. Wischte sich über die Augen und bewegte sich langsam weiter. Sie standen nun vor der verschlossenen Tür. Die Anspannung der Männer war greifbar, als der Commander die Tür öffnete. Dunkelheit flog ihnen entgegen. Der Lichtschalter wurde umgelegt und grelles Licht erhellte den Raum. Ein kurzer Blick nach unten zeigte, dass der Keller leer war.

»Verdammt!« Wütend drehte Steven sich zu Ryan um, der dicht hinter ihm stand. Nun blieben nicht mehr viele Möglichkeiten. In diesem Moment vernahmen sie gedämpfte Schreie.

»Ruhe!« Der Commander hielt eine Hand in die Höhe. »Es kommt aus dem Raum am anderen Ende.« Die Männer formierten sich neu. Steven konnte sich kaum zurückhalten und Paul legte ihm eine Hand auf die Schulter. »Langsam«, beruhigte er ihn. Er nickte zögerlich, obwohl er am liebsten losgestürmt wäre.

Sie standen vor der Tür, hinter der die Schreie zu hören waren. Einer der Männer brach diese auf und sie stürmten die Treppe hinunter. Steven rannte ihnen nach. Das Blut gefror ihm in den Adern, als er auf der untersten Stufe stand und den Raum überblickte. Sein Mageninhalt stieg ihm in die Kehle, als er das leblose Bündel Mensch auf dem gynäkologischen Stuhl erblickte. Terrys Augen waren geschlossen und er konnte nicht sehen, ob sie noch atmete. Ihre Beine, mit Riemen an Stützen festgezurrt, standen grotesk in die Höhe. Ihr Gesäß und ihr Bauch waren mit unzähligen farbigen Nadelköpfen übersät. Sein Blick fiel auf den kleinen, silbernen Wagen neben Terry. Es schien, als kämen sie rechtzeitig, die großen Nadeln lagen unbenutzt auf dem kleinen Wagen. Er sog tief den Atem ein und drehte den Kopf. Er schwankte einen kurzen Moment, als er Susan erblickte. Ihre Arme über dem

Kopf gefesselt, hing sie nackt an der Decke. Steven erstarrte, Leo hielt ihr eine dicke Nadel an den Hals. Sie zitterte am ganzen Körper und zuckte zusammen, als die Stimme des Commanders ertönte. »Lassen Sie die Nadel fallen und treten Sie zurück! Sofort!«

Steven suchte den Blick von Susan, sah ihre Angst und hoffte, dass er ihr Mut machen konnte. Er blendete alles um sich herum aus. Sah nur Susan und ihren Peiniger. Nach einem letzten Blick auf sie fokussierte er sich auf Leo. Sekundenlang starrten sie sich in die Augen. Stevens Finger legte sich um den Abzug der Waffe, sein Herz hämmerte in seiner Brust. Er sah, wie sich der Mund des Mannes zu einem hämischen Grinsen verzog. Kaum wahrnehmbar zuckte Leos Augenlid und die Nadel bewegte sich. Im selben Moment zog Steven den Abzug durch und schoss dem Teufel in die Schulter. Susans Schrei riss ihn aus seiner Erstarrung. Ein Durcheinander entstand und von weit her hörte er die Stimme des Commanders. »Wir brauchen hier die Sanitäter, schnell.«

Er atmete tief durch. Paul drückte seinen Arm mit der Pistole nach unten. »Es ist vorbei, beide sind gerettet, wir haben es geschafft.«

Irgendjemand reichte ihm eine Decke, die er Susan sofort um den Körper legte. Er löste ihre Fesseln und hielt sie fest, als sie nach unten sackte. »Ich habe dich, es ist vorbei. Hörst du mich? Susan?« Sie öffnete ihre Augen und ihr Blick ließ sein Herz stocken. Ein unglaubliches Gefühl der Erleichterung überflutete ihn.

Er hätte es nicht ertragen, wenn er wieder zu spät gekommen wäre.

Er zog ihren zitternden Körper fester in seine Arme,

wiegte sie hin und her. »Alles wird gut, hörst du? Es ist vorbei, du bist jetzt in Sicherheit.«

Sie versuchte, sich aus seinem Griff zu befreien. »Terry«, flüsterte sie leise. »Wie geht es Terry?«

Steven sah zum Stuhl hinüber und Ryan hob den Daumen, erleichtert seufzte er auf. »Mach dir keine Sorgen, sie wird es schaffen.« Susan schloss die Augen und ihr Kopf sank auf seine Brust. »Danke«, flüsterte sie, dann sank sie in eine gnädige Ohnmacht.

Epilog

Sechs Wochen später.

»So, das war der letzte Karton«, schnaufte Ryan, trat auf die Terrasse und stellte die Kiste ab. »Diese Aussicht ist der Hammer. Sag Bescheid, wenn du einen Mitbewohner suchst.«

»Träum weiter, es reicht, wenn ich dich den ganzen Tag über im Büro ertragen muss«, witzelte Steven. »Aber du hast recht, es ist wirklich traumhaft hier.« Versonnen starrte er auf das Meer. »Meine Eltern konnten es ja kaum erwarten, wegzukommen. Wahrscheinlich sind sie schon auf halbem Weg nach Kanada«, scherzte er.

»Es ging nun doch überraschend schnell. Aber sie werden sicher viel Spaß haben.« Lächelnd nahm Ryan das angebotene Bier entgegen.

»Hast du was von Paul gehört?«

Steven nahm einen Schluck Bier, bevor er antwortete. »Es scheint, als hätten sie fast alle Puzzleteile zusammen. Leo hatte sich bereits in der fünften Klasse auf Susan fixiert. Sie war nett zu ihm, aber dass das solche Ausmaße annehmen könnte, war ihr nicht bewusst. Die drei Mädchen hatten ihn jeden Tag gedemütigt, mit den Nadeln und anderen gemeinen Dingen. Zuhause lief es wohl auch nicht so toll. Eine verschreckte Mutter und ein saufender und prügelnder Vater.« Steven nahm einen Schluck, bevor er weiter erzählte. »Nachdem sein Dad die Mutter erschlagen hatte, wurde er von Leo erstochen.« Ryan sog scharf die Luft ein. »Er hat den eigenen Erzeuger umgebracht?« Ungläubig schaute er seinen Freund an.

»Genau und es wurde als Notwehr eingestuft. Die Mutter lag mit eingeschlagenem Schädel im Wohnzimmer auf dem Boden. Er hatte angegeben, dass er sich gegen seinen Vater verteidigen musste.«

»Wow, das ist starker Tobak. Nimmst du ihm das ab?«

Einen kurzen Moment dachte Steven über die Antwort nach. »Ich weiß nicht, ich könnte mir vorstellen, dass er die Gelegenheit genutzt hat, um seinen Vater loszuwerden. Aber das werden wir wohl nie erfahren.« Er stand auf und stellte sich an die Brüstung mit dem Rücken zum Wasser.

»Er hat die Vergewaltigungsserie in Clifton zugegeben. Damit hatte er begonnen, als Susan nach New York ging, um die Ausbildung zur Krankenschwester zu beginnen.«

»Sie hatte ihn verlassen und er musste sich abreagieren?«, meinte Ryan fragend.

»Paul denkt genau das. Auf jeden Fall, sobald er Clifton verließ, um Susan zu folgen, hörten die Vergewaltigungen auf.« Einen Moment starrten sie beide vor sich hin.

»Und als sie aus New York flüchtete, reichte das nicht mehr, er hat Gefallen am Töten gefunden.«

»Und hat damit weitergemacht, bis er ihre Spur erneut aufgenommen hatte«, schob Ryan nach.

»Genau. Es muss ihn wahnsinnig gemacht haben, als sie aus Chicago geflohen ist und er sie in keinem Krankenhaus gefunden hat. Da muss irgendwas in seinem Gehirn durchgedreht sein. Oder wie die Psychoheinis das nennen wollen. Er hat jede Klinik zwischen New York und Los Angeles aufgesucht. Als er keinen Erfolg hatte, blieb ihm nur, nach New York zurückzukehren, und Cathy zu holen.«

Steven stellte sein Bier auf den Tisch. »Wir haben ihn gefasst und die Frauen sind in Sicherheit, das ist die Hauptsache.«

»Heute habe ich mit Amber gesprochen«, informierte Ryan. Steven zog eine Augenbraue in die Höhe.

»Nicht, was du denkst, ich wollte nachfragen, wie es Terry geht«, beruhigte er seinen Partner.

»Und wie geht es ihr?«

»Sie scheint sich langsam zu erholen. In zwei Wochen wird sie nach Hause kommen. Der Aufenthalt im Sanatorium hat ihr geholfen.«

»Jetzt schon? Ist das nicht ein wenig zu früh?«

»Sie hat Amber erzählt, dass es ihr wichtig sei, in ihr normales Leben zurückzukommen. Sie hat Angst, dass sie sich sonst nur verkriechen würde. Und in der Klinik hat sie gute Leute.«

»Das mag wohl stimmen. Sie wird wissen, was für sie das Beste ist.«

Und was ist für mich das Beste? Steven starrte auf das Wasser. Wo war Susan? Wann kam sie zurück? Er vermisste sie und gleichzeitig, wusste er nicht, wie er damit umgehen sollte. Er empfand mehr für sie, als er gedacht hatte. Noch nie hatte sich eine Frau nach so kurzer Zeit in seinem Kopf eingenistet. Das alles ging verdammt schnell. Und nun war sie schon so lange weg.

»Wie geht es Susan?«, riss Ryan ihn aus den trüben Gedanken.

»Sie ist immer noch in New York bei Cathy.«

»Und? Kommt sie zurück?« Ryan stellte sich neben seinen Freund.

»Ich habe keine Ahnung. Ich könnte ihr nicht verübeln, wenn sie diese Stadt nicht mehr betreten wollte«, erwiderte Steven traurig.

»Tja, Kumpel, vielleicht solltest du sie das einfach fragen.« Ryan klopfte ihm auf die Schulter. Steven schaute ihn fragend an und sein Freund nickte an ihm vorbei. Langsam drehte er sich um und betrachtete Susan, die unten an der Treppe zur Terrasse stand.

»Also«, räusperte sich Ryan, »ich gehe dann mal besser, den Rest schaffst du ja sicher alleine.« Steven nahm seinen Partner gar nicht mehr wahr, hatte nur noch Augen für die Frau, die langsam die Holztreppe nach oben kam.

»Wie geht es Cathy?«, fragte er.

»Sie ist aufgewacht und erholt sich sehr gut. Es wird nichts zurückbleiben.«

»Das freut mich zu hören«, sagte Steven mit heiserer Stimme. Susan strich mit ihren Fingern über seine Hand, die auf dem Geländer lag und ein warmes Gefühl durchströmte ihn.

»Es hat gut getan, sie zu sehen. Ich hätte es mir nie verziehen, wenn sie nicht zu sich gekommen wäre. Sie hat mir versprochen, mich bald hier zu besuchen.« Er hielt den Atem an, getraute sich fast nicht, die nächste Frage zu stellen.

»Heißt das, du bleibst hier in San Rafael?« Gespannt wartete er auf ihre Antwort.

»Ich kann doch Sam nicht im Stich lassen, jetzt wo er Vater eines strammen Jungen geworden ist und ich die

Patentante bin. Außerdem gibt es da diesen Polizisten. Er hat mir ein Versprechen gegeben. Ich muss doch sehen, wohin das führt.«

Erleichtert nahm Steven sie in den Arm. Für die nächsten Minuten bewunderten sie den nahenden Sonnenuntergang.

Susan legte ihren Kopf an seine Schulter. »Ein herrliches Fleckchen Erde, ich könnte hier stundenlang stehen.«

Er küsste sie auf den Scheitel.

»Du brauchst nur ein Wort zu sagen, und du kannst diesen Anblick jeden Tag genießen.« Er hielt sie fest umschlungen. Sie schloss die Augen und wusste, dass etwas Wunderbares begann.

ENDE

Über die Autorin

Ruth J. Naef wurde 1964 geboren und ist in der Nähe von Luzern/Schweiz, zusammen mit zwei Schwestern und einem Bruder, aufgewachsen. Seit einigen Jahren arbeitet sie im Bereich Fundraising in Non-Profit-Organisationen.

Sie liebt das Reisen, in neue Kulturen einzutauchen und war schon in vielen Ländern unterwegs.

Schreiben ist ihre große Leidenschaft und während eines längeren Aufenthaltes in Lateinamerika, hat sie den Grundstein für ihren ersten Roman gelegt.

Alle Ereignisse in diesem Buch sind frei erfunden. Ähnlichkeiten mit lebenden oder verstorbenen Personen und Firmen sind zufällig und nicht beabsichtigt.

San Rafael ist auf jeden Fall einen Besuch wert. Eine hübsche Stadt mit spanischem Flair direkt am Meer und nur einen Katzensprung von San Francisco und vielen Naturpärken entfernt. Einige erwähnte Plätze gibt es wirklich in San Rafael. Vieles ist jedoch meiner Fantasie entsprungen, um Personen zu schützen und den Fluss in der Geschichte zu gewährleisten. Sollten Sie dennoch einen Fehler finden, bitte schicken Sie mir gerne eine E-Mail.